Joel Haahtela

Der Schmetterlingssammler

Joel Haahtela

Der Schmetterlingssammler

Roman

Aus dem Finnischen
von Sandra Doyen

Piper Nordiska

Mehr über unsere Autoren und Bücher:
www.piper.de

Die Originalausgabe erschien 2006 unter dem Titel
»Perhoskerääjä« im Otava Verlag, Helsinki.

Die Übersetzung wurde von FILI,
Finish Literature Information Centre, gefördert.

FSC
Mix
Produktgruppe aus vorbildlich bewirtschafteten Wäldern und anderen kontrollierten Herkünften
Zert.-Nr. GFA-COC-1223
www.fsc.org
© 1996 Forest Stewardship Council

ISBN 978-3-492-05154-5

Satz: Satz für Satz. Barbara Reischmann, Leutkirch
Druck und Bindung: Clausen & Bosse, Leck
Printed in Germany

Für Joakim und Vera

Erster Teil

1

Am dritten April 1991 wurde mir in einem Schreiben mitgeteilt, dass ich eine Erbschaft gemacht hatte. Ich las den Brief wieder und wieder und war mir sicher, keinen Mann namens Henri Ruzicka zu kennen. Das Ganze musste ein Irrtum sein, anders konnte ich es mir nicht erklären.

Am nächsten Morgen um kurz nach neun brach ich zu der Kanzlei auf, die mir den Brief geschickt hatte. Ich überquerte die Tunturistraße, lief durch den kleinen Park und spürte die Wassertropfen von den Bäumen im Gesicht. In der Nacht hatte es geregnet. Die Straßen waren noch nass, der Park verlassen, in der Luft hing ein leichter Nebel. Es war, als sei an diesem Morgen alles von seinem Platz gerückt, losgelöst von der Welt – der knirschende Kies unter den Sohlen, die feuchten Zweige. Als sei ich selbst nur ein Schatten, kaum existent, eine Silhouette in der leeren Straße.

Vor meinem Termin spazierte ich am Töölösee entlang zum Linnunlaulunweg, über die Eisenbahnbrücke, den Eläintarhanweg hinunter bis zum Strand einer kleinen Bucht. Dort blieb ich einen Moment stehen und schaute auf ein halb versunkenes Holzboot, das im Eis festgefroren war. Ich sah verblichene Blümchengardinen in den Fenstern, orange und grün, die silberne Vorderklampe, den abblätternden Lack auf dem Deck. Unter dem Wasser schimmerte die Bordwand hervor, auf die jemand eine blaue Linie gemalt hatte. Ich betrachtete die Taue, mit denen das Boot festgemacht war. Einige waren zerrissen, und die übrigen würden das Boot zwischen den Holzpfählen treiben lassen, wenn das Eis endlich schmolz – bis irgendein Teil schließlich ganz wegbrach. Ich dachte an die Sommertage, die jemand auf diesem Boot verbracht hatte; daran, wie es schnittig durch die Wogen glitt. Sein Bug stieg wieder und wieder über die Wellen, Tröpfchen spritzten an die Fenster der Kajüte. Stille nach dem Ankern vor der Insel, knarrende Taue, drinnen Träume, Glück vielleicht. Ich konnte nicht verstehen, warum das Boot so vergessen dalag. Sogar die Flagge, grau von Abgasen – das Wappen des Bootsclubs war kaum noch zu erkennen –, baumelte an ihrem Platz hinter dem Sitzkasten, jämmerlich wie ein geschmähter Fetzen.

Ich ging weiter in die Marianstraße. Gegenüber einem kleinen Supermarkt, neben der Tür von Haus

Nummer neun, prangte das Schild der Kanzlei. Einen Augenblick zögerte ich, blieb stehen und wurde das Bild nicht los: zwei Menschen im Sonnenschein, das Boot, das Meer, der letzte Sommer, das Schweigen zwischen ihnen. Ich sah ihre verlangsamten Bewegungen, konnte aber ihre Stimmen nicht hören. Sie waren zu weit entfernt, das Licht zu schwach, die Ränder des Bildes verschmolzen mit der Landschaft. Der Regen hatte wieder eingesetzt, und das Prasseln der Tropfen erfüllte die Straße. Im Wind lag noch ein Nachhall des Winters. Ich steckte meine Hand in die Jackentasche und befühlte die Dinge, die sich darin gesammelt hatten: ein Feuerzeug, Münzen, Büroklammern, Kassenbons. Ich versuchte es in der anderen Tasche, der Brief war noch da. Um ihn noch einmal zu lesen, zog ich ihn hervor, doch der Wind peitschte Regen aufs Papier, und die Tinte verlief.

Die Rechtsanwältin war eine Dame um die vierzig. Sie hatte ihre Haare zu einem Knoten gesteckt, der dunkle Wollrock reichte bis unter die Knie. Sie führte mich zum Stuhl vor ihrem Schreibtisch und bestätigte, dass ein Mann namens Henri Ruzicka mir etwas vererbt hatte. Sie sei die Vollstreckerin des Testaments. Zum Vermächtnis gehörten ein Haus, ein Grundstück und eine Geldsumme. Henri Ruzicka habe keine lebenden Verwandten, ich sei der alleinige Erbe.

Verwundert lauschte ich ihr und bemerkte den Duft

frisch geschnittener Blumen. Auf dem Fensterbrett stand ein Rosenstrauß. Ich sagte, dies sei sehr sonderbar – ich kenne keinen Mann mit diesem Namen, es müsse sich um einen Irrtum oder einen Scherz handeln. Da ich mir aber nicht vorstellen könne, wer sich so etwas ausdenkt, sei ein Irrtum die wahrscheinlichere Erklärung. Die Anwältin schüttelte den Kopf: Es sei kein Versehen, die Papiere seien vollständig. Sie habe Herrn Ruzicka im vergangenen Herbst getroffen. Jetzt sei er tot.

Henri Ruzicka hatte sie im Oktober letzten Jahres kontaktiert, um sein Testament zu machen. Sie trafen sich nur ein einziges Mal. Damals erzählte Herr Ruzicka der Anwältin, er habe weder Kinder noch Geschwister, wisse auch nichts von anderen lebenden Verwandten. Sein Vater, Michal Ruzicka, war den Dokumenten nach 1938 in Leipzig gestorben; seine Mutter, Anette Ruzicka, schon 1937 in Verona. Henri Ruzicka war achtzig Jahre alt geworden und hatte sowohl die deutsche als auch die finnische Staatsbürgerschaft besessen. Die Anwältin meinte, er hätte etwa seit Ende der Siebzigerjahre in Finnland gewohnt. Ihre Unterhaltung hatten sie auf Deutsch geführt.

Warum ausgerechnet ich Herrn Ruzicka beerben sollte, konnte sie mir nicht erklären. Er hatte nicht viel von sich erzählt. Die Rechtsanwältin beteuerte, selbst überrascht zu sein, dass ich den Mann nicht kannte.

Sie sei davon ausgegangen, zwischen uns gebe es eine Verbindung, wir seien vielleicht Freunde. Es war zwar üblich, dass alleinstehende Menschen ihr Erbe einer Stiftung vermachten. Doch ein Testament zugunsten eines Unbekannten sei recht ungewöhnlich, sie wisse nur von wenigen Fällen. Henri Ruzicka hatte ihr seinen Grund nicht genannt, nur Namen und Adresse auf eine kleine Postkarte geschrieben. Mehr hatte sie nicht: Name und Adresse.

Wir saßen lange schweigend da. Die Anwältin füllte Formulare aus, ihr Stift kratzte über das Papier. Ich stellte mir Henri Ruzicka in diesem Raum vor, versuchte, eine Stimme für ihn zu finden. In Gedanken ging ich alle Männer namens Henri durch, die ich je kennengelernt hatte, und konnte mich nur an zwei erinnern. Keiner von beiden konnte Henri Ruzicka gewesen sein. Ich hatte bei der Arbeit Deutsch gelernt und Deutschland auch schon einmal besucht. Aber ich war mir sicher, ihn dort nicht getroffen zu haben. Als ich die Anwältin fragte, wie der Mann gestorben sei, hörte sie auf zu schreiben. Soviel sie wusste, hatte er zu Hause einen Herzinfarkt erlitten. Der Postbote fand ihn eine Woche später, die Post klemmte im Briefkasten. Das Testament steckte in einem Umschlag in der Tasche des Toten und wurde direkt an die Kanzlei weitergeleitet. Sie verstummte, nahm ihren Stift wieder auf und sagte, wir hätten einige Formalitäten zu erledigen. Während wir uns dem Nachlassverzeichnis widmeten, schweiften meine Gedanken ab. Ich konnte mich schlecht konzentrieren, der Duft der Rosen hing im Raum. Hinter diesem Namen verbarg sich etwas, ein ganzes Leben.

Gegen elf Uhr waren wir fertig, und die Rechtsanwältin fragte mich, was ich tun wollte. Ich wusste es nicht, wollte mich aber bald wieder bei ihr melden. Sie bestand darauf, sofort einen Termin zu vereinbaren. Dann lächelte sie mich an, und wir verabschiedeten uns. Ich stolperte die Treppe hinunter auf die Straße und stieg in die Straßenbahn, die quer durch die Stadt fuhr. Die Häuserwände glänzten regennass, Fußgänger suchten geduckt an ihnen Schutz. Beim Glaspalast gab es einen Unfall. Die Straßenbahn glitt langsam an den Autos vorüber, die sich auf der Kreuzung stauten. Menschen hatten sich versammelt, die Fahrgäste reckten sich, um mehr zu sehen. Mein Vordermann presste seine Stirn an die Scheibe, und noch lange, nachdem wir den Ort hinter uns gelassen hatten, rührte er sich nicht. Sein Gesicht spiegelte sich im Glas, teilte sich; als stünden uns allen zwei Leben offen.

2

Am nächsten Wochenende, früh am Samstagmorgen, fuhr ich von Helsinki aus nach Westen, Richtung Tammisaari, bis ich an eine Abzweigung kam, die nach links führte, in den Fragervik, weiter bis nach Snappertuna und zu den Ruinen der Burg Raasepori. Ich folgte der Straße einige Kilometer, hielt dann aber auf dem Seitenstreifen, um auf die Karte zu sehen. Plötzlich hatte ich das Gefühl, mich verfahren zu haben. Obwohl ich im Atlas sofort alle Straßennamen, Kreuzungen und Ortschaften fand, ließ mich die Unsicherheit nicht los. Ich stieg aus dem Wagen. Vor mir erstreckten sich Felder, die zu dieser Jahreszeit noch kahl waren; sie reichten bis an den Horizont. Alles war still, wie angehalten, kein Vogel sang, niemand fuhr vorbei. Ich stand reglos da, und wie zur Bestätigung dafür, dass ich nicht allein auf der Welt war, entschied ich mich, auf das nächste Auto zu warten. Nachdem eine ganze Weile vergangen war und ich immer noch niemanden gesehen hatte, wurde ich nervös. Erst nach einer halben Stunde hörte ich dann das Brummen eines Wagens und sah einen hoffnungslos langsamen Lada herankriechen; der alte Mann am Steuer war so sehr darauf konzentriert, auf der Straße zu bleiben, dass er mich kaum wahrnahm – ich fühlte mich gerettet. Ich blickte dem Auto nach, bis es hinter einer Biegung verschwand, und dachte, der Mann würde nie erfahren, welche Erleichterung sein tragikomisches Auftauchen mir bereitet hatte.

Von der großen Straße bog ich in eine kleinere und von dort in eine noch kleinere, ohne dabei den Briefkasten zu bemerken, der fast vollständig von einem Gebüsch verborgen wurde. Der Weg endete in einer Sackgasse. Ich legte den Rückwärtsgang ein und fand die Einfahrt. Der lange Sandweg war kaum befahrbar, und als ich fürchtete, im nächsten Schlagloch stecken zu bleiben, parkte ich das Auto am Wegrand und ging den Rest zu Fuß. Henri Ruzickas Haus stand inmitten eines Gartens. Es war weiß gestrichen, und der Garten glich eher einer Wiese oder einer verwilderten Lichtung. Henri Ruzicka hatte den Kampf gegen Bäume und Büsche offensichtlich schon lange aufgegeben. Sie umwucherten ungehemmt das Gebäude und würden es bald ganz verschlingen. Wilder Wein rankte die Hauswand empor, ganz oben zwängten sich blattlose Zweige zwischen Dach und Wand.

Die Ziegel verwitterten und bröckelten herab – der Wein kroch sicher schon tief in die Zimmer, wuchs Wände und Stuhllehnen empor, von einem Raum in den nächsten, die Treppen hinauf ins dämmerige, zugige Dachgeschoss, durch das die Schwalben segelten.

Ich umrundete das Haus, watete durch Gras, das mir bis zu den Knien reichte, und atmete den Duft der Erde – faulig und leicht süßlich, wie vermodertes Holz. Der Geruch erinnerte mich an die Besuche meines Onkels und seiner Frau Siiri. Sie wohnten weit entfernt, kamen immer im Frühling und blieben für eine Woche. Ich wartete schon Monate zuvor auf sie. Es war das endlose Warten eines Kindes, und wenn die beiden dann endlich kamen, schob Siiri mich nicht von sich, sondern nahm mich in die Arme. Auch wenn ich noch andere Frühlingserinnerungen habe – dieser Geruch ist untrennbar verbunden mit dem dunkelgrünen Saab meines Onkels, der nach dem Ende des Winters auf unseren Hof fährt. Warum ich mich gerade an dieses seltene Ereignis so lebhaft erinnere, kann ich mir nicht erklären. Aber mir bleiben oft Dinge vom Rande des Geschehens in Erinnerung – Einzelheiten, die andere längst vergessen oder als belanglos abgetan haben.

Beim Rundgang wurde mir klar, dass das Haus verloren war. Es war viel zu groß für eine Person, überstieg die Kräfte eines Einzelnen. Ich ahnte, dass sich jeder zukünftige Besitzer mit diesem Haus Verfall und Vergänglichkeit beugen musste; nur kleine Reparaturen, Ausbesserungen als Blendwerk, mochten die Hoffnung aufrechterhalten, dass nicht jeden Augenblick alles zusammenfiel. In wenigen Jahren würde der Garten das Haus überwuchert haben. Die Anwältin hatte mich darauf hingewiesen, dass ich die Erbschaft auch ausschlagen könnte. Der Betrag auf Henri Ruzickas Bankkonto decke gerade die aus dem Vermächtnis entstandenen Unkosten, und beim Anblick des Anwesens schien mir die Ablehnung die einzig vernünftige Lösung.

Mitten im Gras stand ein weißer Eisentisch mit zwei Stühlen. Ich setzte mich und staunte über das Motiv in der Mitte der Tischplatte. Es zeigte zwei im Wind gebogene Palmen, Berge, chinesische Hütten, ein schäumendes Meer, auf dem Dschunken kreuzten. Verschnörkelte Muster schmückten die Tischkanten. Diese sonderbar fernöstliche Szene aus weißen Eisenbeschlägen wirkte wie aus einer anderen Welt; als habe der Hersteller des Tisches in einem Anflug von Übermut gehandelt. Vielleicht hatten Henri Ruzicka gerade diese Details fasziniert und ihn in die Ferne getragen, an Orte, von denen er träumte. Je länger ich im Garten saß, desto müder wurde ich. Der Wind strich über mein Gesicht, Zweige schaukelten in der Luft, ihre kahlen Spitzen reckten sich in den Himmel. Ich hörte ihr schwaches Knacken, das Ticken meiner Armbanduhr. Vielleicht nickte ich sogar kurz ein und dachte an der Grenze zum Traum, wie zwanghaft Menschen die Zeit sichtbar machen wollen und dafür die phantastischsten Formen finden: auf dem Meer gleitende Dschunken, Säle oder Pyramiden.

Die Tür des Windfangs stand offen. Drinnen war es schummrig, zwischen den Zweigen fiel Licht hinein, das sich laufend veränderte, mal schwächer wurde, dann wieder strahlend hell aufleuchtete. In dem kleinen Vorraum standen ein Holztisch und ein Stuhl, auf dem Tisch eine Kerze und eine Tasse mit einem angetrockneten Teerest. Die Teekanne wartete auf einem Tablett. Vielleicht war Henri Ruzicka genau hier zusammengesunken. Vielleicht war er aufgewacht, hatte frühmorgens auf dem Stuhl gesessen und beobachtet, wie das Eis zu schmilzen begann und die Erde unter dem Schnee zum Vorschein kam. Vielleicht bedeckte Raureif die Fenster, und er konnte nicht hinaussehen. Ich lauschte. Das Haus war so still, dass ich meinte, Schritte zu hören, das Knarren einer Tür, scheppernde Töpfe in der Küche. Die Spitzengardinen an der Glastür bewegten sich im Wind. In der matten Fensterscheibe sah ich einen Schatten, jemand ging im Raum umher – ich selbst. In der Diele knipste ich das Licht an und entdeckte an der Garderobe Regenschirm und Hut, verschiedene alte Jacken und in der Ecke Holzschuhe, auf die Schmetterlinge gemalt waren.

Das Haus hatte vier Räume und eine Küche. Die Küche sah aus, als sei die Zeit stehen geblieben. An der Steinmauer, die im Laufe der Jahre grau geworden war, stand ein Herd, wie ich ihn aus meiner Kindheit kannte, aber schon viele Jahre nicht mehr gesehen hatte. Nicht einmal einen Wasserhahn konnte ich entdecken, nur einen Blecheimer, zur Hälfte mit Wasser gefüllt. Neben der Küche befand sich das Schlafzimmer mit nachtblauen Tapeten. Von hier öffnete sich eine Tür in die Bibliothek, an deren vier Wänden zimmerhohe Bücherregale standen. Sogar das Fenster wurde von einem Regal verdeckt. Die einzige Lichtquelle war ein Kronleuchter aus Messing, der über einem Tisch hing. Die Regale bogen sich unter der Last Hunderter Bücher. Schon in der Tür bemerkte ich den ureigenen, dumpfen Geruch von vergilbtem Papier. Ich tastete mich die Regale entlang und entzifferte die Titel. Der Großteil der Publikationen war deutsch, es gab aber auch englische, französische und spanische Werke sowie ein paar Exemplare in Sprachen, die ich nicht kannte. Einige sahen sehr alt aus. Auf dem Tisch lagen zahlreiche aufgeschlagene Werke, deren Seiten bereits mit Staub bedeckt waren, der wie ein Nebel überall im Haus hing. Als ich einige Bücher aus dem Regal zog, hinter dem sich das

Fenster befand, fiel plötzlich ein Sonnenstrahl in den Raum.

Offenbar behandelten alle Bücher das gleiche Thema: Schmetterlinge. Die Titel wiederholten die Wörter *Schmetterling, butterfly, papillon, mariposa, borboleta* in unzähligen Variationen. Ich konnte mich nicht erinnern, je eine ähnlich überwältigende Sammlung zu einem Thema gesehen zu haben. Ich setzte mich an den Tisch und wischte den Staub von einem Buch: *Histoire naturelle des Lépidoptères d'Europe par H. Lucas avec 80 planches représentant 400 sujets.* Es war im Jahre 1864 in Paris, 24, Rue Hautefeuille, gedruckt worden. Zweite Auflage. Voller Staunen blätterte ich durch die handgezeichneten Abbildungen, die unter dem Seidenpapier zum Vorschein kamen. Die Farben waren nicht im geringsten verblasst, sondern immer noch strahlend klar: der Schwalbenschwanz meiner Kindheit mit seinen scharfen Sporen, Admirale, Trauermäntel mit ihren cremefarbenen Flügelrändern. Ein hinreißend schönes Buch hieß *Die Schmetterlinge Europas*, herausgegeben 1910 in Stuttgart von einem gewissen Dr. med. et phil. Arnold Spuler. Ich überflog eine endlose Liste lateinischer Namen, die mir nicht das Geringste sagten: *Apatura iris, Limenitis populi, Polygonia c-album, Vanessa antiopa, Saturnia pavonia.* Alfred Russel Wallaces *The Malay Archipelago* war voller Eselsohren, die Ränder bekritzelt mit sich überlagernden Bleistiftnotizen in einer unerhört kleinen, stellenweise stark verblichenen Handschrift.

In einem Zimmer, das auf den ersten Blick wie ein Lager wirkte, standen große Holzschränke. Ich öffnete einen und stieß auf unzählige gläserne Schubladen. Eine davon zog ich vorsichtig heraus. Sie glitt langsam über die Schienen und war voller Schmetterlinge. Jeder Schmetterlingskörper war von einer feinen Nadel durchstochen, die ihn auf seine Unterlage bannte. Dort schwebte er tot und steif, wie im Flug erstarrt. Hunderte von Schmetterlingen lagen in den Schubladen, verschiedene Arten ordentlich aufgereiht, ihre Flügel symmetrisch und millimetergenau ausgebreitet, die Vorder- ein wenig höher als die Hinterflügel. Einige Arten waren nur durch ein, zwei Exemplare vertreten. Andere kamen offenbar häufiger vor – zuweilen gab es zehn Exemplare von jedem Geschlecht.

Ich trug eine Schublade auf den Bibliothekstisch, nahm den Glasdeckel ab, zog eine der Nadeln vorsichtig aus ihrer Unterlage und hob den Schmetterling gegen das Licht. Seine Flügel waren ganz dünn, durchscheinend, ein Pusten, ein falscher Atemzug, und er wäre spurlos verschwunden. Unten an der Nadel steckte ein Papierstück, auf dem stand: *Nymphalis xanthomelas, Torgau, 1952*. Das Tier schwebte seit fast vierzig Jahren an seinem Spieß. Mit angehaltenem Atem setzte ich es wieder in die Schublade neben seine verblichenen Artgenossen und brachte die Lade zurück an ihren Platz. Als ich weitere Schubfächer durchsah, bot sich mir ein trauriger Anblick: Der größte Teil der Kollektion war zerfallen, auf den Böden der Kästen lagen abgetrennte Flügel, Fühler und abgebrochene Beine. Aber hier und da gab es erstaunlich gut erhaltene Falter, deren Blicke mich aus der Dämmerung trafen wie ein Schrei.

Das vierte Zimmer war ein Arbeitszimmer. Neben dem Schreibtisch stand ein Regal, in dem verschiedene Instrumente lagen – ich nahm an, sie dienten zum Konservieren der Schmetterlinge und zum Ausbreiten der Flügel. Ein merkwürdiges Brett hatte Schrauben an beiden Enden und in der Mitte einen Spalt, dessen Breite verstellbar war. Im Regal fanden sich verschiedene Pinzetten, Nadeln und Apothekenfläschchen mit Glasstöpseln, die den Etiketten zufolge Äthylazetat und Chloroform enthielten. Ich öffnete eine der Flaschen, schnupperte vorsichtig und merkte, wie das Gift in meinen Körper strömte und mir schwindelig wurde. Ich stellte die Flasche auf den Tisch und fuhr mit der Erkundung des Raumes fort, Gegenstand um Gegenstand. Beim Durchforsten der wunderlichen Parade von Flaschen und Instrumenten fühlte ich mich zunehmend bedrückt, der viele Staub und die Stille erschwerten mir das Atmen. Der betäubende Geruch von Äther hing im Zimmer, ich öffnete das Fenster, und kühle Luft wehte herein. Mit dem Wind wirbelten einige Papierbögen vom Tisch, flogen auf, taumelten, und als der Luftzug nachließ, schaukelte sacht der Ärmel der Wolljacke, die über der Stuhllehne hing, als hätte Henri Ruzicka sie gerade abgestreift und den Raum verlassen.

Auf der Suche nach etwas Konkretem über Henri Ruzickas Leben durchwühlte ich wahllos seine Sachen – vielleicht gab es ein Foto, einen Anhaltspunkt, dem ich folgen konnte. Ich durchsuchte Schränke und Schubladen, beklopfte Wände und Dielen in der Hoffnung auf ein geheimes Versteck, doch ich fand kein Bild, keine Nachricht, keine Erklärung. Wie klein auch immer der Hinweis sein mochte, der ihn mir nähergebracht oder eine Verbindung zwischen uns hergestellt hätte – er hätte mir genügt.

Als ich die Suche endlich erschöpft aufgab, stellte ich die wenigen Objekte, die von Bedeutung sein konnten, vor mir auf den Tisch. Das Zimmer roch noch immer nach Betäubungsmittel. In der obersten Schreibtischschublade hatte ich ein Bündel alter Briefe, ein schwarzes Notizbuch und eine kleine Holzschachtel entdeckt, in der ein Stück weißer Stoff lag, mit einem Fleck wie von Blut. Außerdem hatte ich die Postkarte gefunden, von der die Anwältin gesprochen hatte. Auf der Rückseite waren mein Name und meine Adresse notiert, mehr nicht. Die Karte kam aus Kreta, *Agios*

Nikolaos stand darauf. Das Bild zeigte einen Hafen, in dessen windstillem Wasser weiße Fischerboote trieben. Am Rand erhoben sich kalkweiße Häuser, hinter den Booten öffnete sich das Meer. Es sah aus, als sei die Adresse unter meinem Namen später nachgetragen worden. Ich verstand das nicht. Doch vielleicht war die Erklärung dafür ja auch ganz einfach, und er hatte meinen Namen zufällig gewählt.

Draußen hinter den Bäumen stand die Sonne schon tief und blendete mich. Ringsum ertrank alles für einen kurzen Moment im Licht des Nachmittags, das Gras stand in Flammen, ein Glühen durchzog die Landschaft. Meine Uhr zeigte halb zwei. Ich war mehr als doppelt so lange im Haus geblieben, wie ich geplant hatte. Wind kam auf. Etwas bedrückte mich, ich spürte eine Lücke, einen Bruch. Ich lief weiter durch das hohe Gras, die Fliederhecke entlang, und dachte an die Fliederbüsche, die an der Ecke meines Elternhauses wuchsen. In Sommernächten war ihr Duft durch die geöffneten Fenster geströmt, schwer und süß. Als Kind war ich manchmal spätabends mit einer Lampe in den Garten geschlichen und hatte im Flieder nach Faltern gesucht – sie schlugen lautlos mit den Flügeln und flatterten auf und ab, schneller, als das Auge folgen konnte. Aus Büchern wusste ich, dass es wahrscheinlich Wein- oder Kiefernschwärmer waren. Trotzdem hoffte ich immer, es wären Totenkopfschwärmer. Um der Sache auf den Grund zu gehen, erhaschte ich sie mit meinem selbst gebastelten Käscher, sperrte sie in ein Glas mit giftgetränkter Watte und beobachtete mit kindlicher Grausamkeit, wie die Flügelschläge sich verlangsamten und schließlich erstarben. Zu diesem Zeitpunkt hätte ich sie vielleicht noch freilassen können – das Gift wäre aus ihren Körpern gewichen, und sie hätten sich langsam wieder geregt, wären bis zum Morgen entkommen. Aber ich entschied mich immer anders, und bald lagen zahlreiche tote Schwärmer in meinen Schubladen, vergessen unter Papier oder in kleinen Blechbüchsen. Noch Jahre später fand ich Weinschwärmer in alten Schulheften: die Farben verblichen, der schöne rosa Streifen von den Flügeln verschwunden. Jedes Mal wünschte ich, die Welt wäre anders, und der Schmetterling könnte beim Öffnen des Hefts in die Luft steigen und zurück in seinen Flieder flattern.

Ich fuhr zurück nach Hause – den Sandweg hinunter, der bald in die größere Straße mündete und einen kleinen Bach überquerte. Ich sah die Felder, die bis an den Horizont reichten und an denen der graue Lada morgens entlanggebrummt war. Endlich erreichte ich die Bundesstraße nach Helsinki. Ich wartete lange, bis sich in der Schlange der Vorbeifahrenden eine Lücke auftat und ich mich einfädeln konnte. Im Rückspiegel sah ich die Autos hinter mir, die anonymen, ausdruckslosen Mienen der Fahrer näher kommen und an mir vorbeiziehen. Sie zeigten weder Schmerz noch Freude, verschmolzen zu einer Masse. Als ich das Radio anstellte, erfüllte das pathetische Grollen von Rachmaninows zweitem Klavierkonzert den Wagen. Ich drehte die Lautstärke auf, bis der Ton beinahe barst und die Musik den Motor übertönte, erinnerte mich an den Septembertag, an dem ich als Student das Stück zum ersten Mal gehört hatte. Ich weiß nicht, was es war: das Gefühl, von der Erinnerung wachgerufen, die vielen Eindrücke des heutigen Tages oder alles zusammen – mir stiegen die Tränen in die Augen, und ich musste das Tempo drosseln. Im selben Moment setzte mein ungeduldiger Hintermann zum Überholen an. Als sich sein Auto langsam neben meins schob, sah ich seine Beifahrerin, die sich verträumt ans Fenster lehnte, und für einen Moment begegneten sich unsere Blicke. Sie schien mir etwas sagen zu wollen, bewegte unmerklich die Lippen. Aber wahrscheinlich irrte ich, bildete mir das nur ein, und schon drängte sich der Wagen vor mich und war nicht mehr zu sehen, verschwand im gleichförmigen Strom des Verkehrs.

3

An dem Abend, an dem ich meine Frau zum Flughafen gebracht hatte, war der erste Schnee gefallen. Es war Anfang Dezember, vier Monate, bevor die Kanzlei mir den Brief schickte. Wir fuhren die düstere Straße zum Flughafen hinaus, Schneeflocken fielen auf die Windschutzscheibe, die Scheibenwischer bewegten sich in langsamem Rhythmus. Eevas Gesicht lag im Schatten, seit dem Sommer hatte sie ihre Haare wachsen lassen. Wir redeten nicht viel, sie hing ihren Gedanken nach – es war, als habe sie mich bereits verlassen. Am Flughafenkiosk kaufte sie eine Zeitung und Schokolade. Als sie die Einkäufe in ihre Handtasche steckte, zitterten ihre Hände. Im Herbst, spätestens im Oktober, sagte sie und küsste mich. Ich spürte ihre Nähe noch spät am Abend, als ich schon lange alleine war. Ich dachte an die Abflughalle und die Anzeigetafel mit ihren ständig umspringenden Buchstaben und Zahlen, die letzten Flüge des Tages: Mailand, Frankfurt, Delhi. Ihren Blick, bevor sie sich unter die Reisenden mischte, ihr Lächeln, das irgendwo in der Luft hängen blieb, wie alles zwischen uns.

Nach ihrer Abreise fielen mir Dinge auf, die ich vorher nie wahrgenommen hatte. Die Wand an der Treppe war pistaziengrün gestrichen. Vom Balkon aus entdeckte ich, wie sich über der Straße die Drahtseile kreuzten – ein kompliziertes Geflecht, das die Gebäude miteinander verknüpfte, damit sie nicht mit dem Wind in den Himmel abhoben. Ich wachte nachts öfter auf, und nach vier war an Schlaf nicht mehr zu denken. Eine Woche lang quälte ich mich, erprobte allerlei Mittel gegen Schlaflosigkeit: Ich trank warme Milch, las komplizierte oder langweilige Bücher. Dann ging ich raus, spazieren. Trotz meiner Müdigkeit genoss ich die nächtliche Stadt, die kühle Luft, den frühmorgendlichen Nebel. So wurde die nächtliche Wanderung bald zur Gewohnheit. Alle Pflichten, aller Druck des Tages waren fern, und an ihre Stelle trat eine nie gekannte Leichtigkeit.

Oft führte mich mein Spaziergang an den Hietaniemistrand. Zu dieser Jahreszeit war das Meer dort noch vereist, und wenn der Morgen langsam graute, glänzten über der Bucht elektrische Leitungen und Stahltürme, die aus dem Eis ragten. Ich lief den verschneiten Sandstrand und die Friedhofsmauer entlang, kam an den Schuppen des Rudervereins, dessen Boote unter Schutzplanen überwinterten. Dahinter lag das geziegelte Venedig-Gebäude des Krankenhauses Lapinlahti, in dessen Fenstern mitunter Licht brannte. Ich fragte mich, ob dort wirklich jemand war. Und vielleicht spiegelte all dies – die beleuchteten Fenster, die Türme im Meer, die leere Stadt – den undefinierbaren Zustand wider, in den mein Leben nach Eevas Abreise geraten war.

Eeva meldete sich einmal in der Woche. Zwei Tage nach meinem Besuch in Henri Ruzickas Haus rief sie mich an; bei ihrer Arbeit lief alles wie immer. Das Wochenende hatte sie in Amagansett verbracht, ihr Kollege besaß dort ein Ferienhaus. Eeva schwärmte von einem langen Holzsteg am Strand und dem weiten Blick aufs Meer. Wir erzählten uns, was wir in der letzten Woche gemacht hatten, und ich versuchte sie mir am Telefon vorzustellen, ihre Haltung, das Zimmer. Leise und heimtückisch schlichen sich Veränderungen ein. Sie fragte, ob alles in Ordnung sei, und ich hörte die Unsicherheit in ihrer Stimme. Ich behauptete, alles sei gut. Von meiner Erbschaft oder von Henri Ruzicka erzählte ich ihr nichts, auch wenn ich kurz darüber nachgedacht hatte: Vielleicht wäre die Angelegenheit dadurch wirklicher geworden.

Nach unserem Telefonat kam mir das Zimmer sehr still vor. Mein Blick fiel auf die Fundstücke aus dem Haus: das Briefbündel, die kleine Holzschachtel, das schwarze Notizheft und die Postkarte mit der Aufschrift *Agios Nikolaos*. Seit ich zurück war, hatte ich sie nicht angerührt. Sie lagen auf dem Tisch zwischen Rechnungen und anderen ungeöffneten Briefen. Doch als ich abends die Augen schloss, spürte ich ihre Nähe und kehrte in Gedanken zurück in Henri Ruzickas Haus, in die zartstaubig schimmernden Räume. Die Schmetterlinge erwachten in ihren Schubladen, schwebten durch meinen Traum, das Flimmern ihrer Flügel füllte den Raum. Reben wucherten über die Treppe, und ich ließ die Falter auf meinem Arm landen, wo sie, noch steif nach jahrzehntelangem Schlaf, kurz innehielten.

Am dritten Abend nach meiner Rückkehr aus dem Haus las ich Alfred Russel Wallaces Buch *The Malay Archipelago*, das nach Henri Ruzickas Tod offen und zerlesen auf dem Tisch gelegen hatte. Ich erfuhr, dass Wallace ein englischer Naturwissenschaftler war, ein wichtiger Vertreter der Evolutionstheorie, der aber der großen Mehrheit unbekannt geblieben war – sodass im Zusammenhang mit der Evolutionstheorie geradezu gewohnheitsmäßig Charles Darwin genannt wurde. Im Jahr 1848 war Wallace zu einer Expedition nach Südamerika aufgebrochen. Dort reiste er mit seinem Freund H. W. Bates den Amazonas und den Rio Negro hinunter und sammelte Tausende Insekten. Auf dem Heimweg nach England wurde seine Sammlung bei einem Schiffsbrand zerstört. Wallace und sein Freund trieben zehn Tage im Rettungsboot auf dem Atlantik, bis ein Handelsschiff die beiden aufnahm.

Ich hätte angenommen, dass die Vernichtung jahrelanger Arbeit ihn zutiefst entmutigte. Doch Wallace setzte seine Forschungen im ostindischen Archipel fort. Acht Jahre lang blieb er dort und reiste von der Malakkahalbinsel bis nach Neuguinea. Er sammelte hunderttausend Insekten und achtzigtausend Vögel: Zwergschattenkolibris, Quetzale, Nashornvögel, Rotbauchtangare und Paradiesvögel, deren Schwanzfedern wie Fächer im Wind flatterten. Darwin und Wallace schienen ihre Theorie zur Evolution beinahe zeitgleich entwickelt zu haben – als gäbe es ein gemeinsames Bewusstsein, in dem Gedanken auf geheimnisvolle, uns unbegreifliche Weise von einem Menschen zum anderen strömen.

Als ich nachts wieder um halb vier aufwachte, machte ich Licht in der Küche, setzte mich an den Tisch, kochte Kaffee und reihte Henri Ruzickas Habseligkeiten vor mir auf. Die Briefe, es waren fünf, hielt ein Bindfaden mit einfacher Schleife zusammen. Ich zupfte sie auf und besah die Umschläge, auf die Henri Ruzickas Name und Adresse geschrieben waren, in immer derselben, leicht geneigten Handschrift. Die Poststempel waren verwischt, aber ich konnte einige Jahreszahlen und das Wort PIRNA ausmachen. Auf der Rückseite stand *Anna Prinz, Kölnstraße 4, 8300 Pirna, DDR*. Ich holte den Atlas aus dem Regal, suchte die Stadt im Register, schlug die angegebene Seite auf und studierte die Karte, bis ich Pirna entdeckte, etwas südlich von Dresden, an der Elbe.

Die Briefe waren 1976 und 1977 geschrieben worden. Der erste im Juli 1976, der letzte am Neujahrstag 1977. Jeder Brief begann mit den Worten *Lieber Henri* und endete schlicht *Anna*. Anna Prinz schrieb von ihrer Freude, nach so langer Zeit von Henri Ruzicka zu hören – und das ganz unerwartet hoch aus dem Norden. Sie habe oft überlegt, wie es ihm wohl gehe. Doch als die Jahre ohne jede Nachricht verstrichen, habe sie zwangsläufig das Schlimmste befürchtet. Es folgten Berichte über Personen, die beide gekannt haben mussten. Der Schulrektor prüfe im Winter immer noch jeden Sonntagmorgen, ob die Heizung in den Klassen zum Wochenende heruntergedreht worden war. Sie schrieb über die Verfügbarkeit von Lebensmitteln. Ein Brief handelte ausschließlich von einem Jungen namens Thomas Lang, der etwa zehn Jahre zuvor gestorben war. Frau Prinz beschrieb Thomas Langs erstes öffentliches Konzert, zu dem sogar sein Vater gekommen war. Tränen seien ihm die Wangen hinuntergelaufen. Wenn Anna Prinz in ihren Briefen ihr eigenes Leben erwähnte, dann nur mit einer gewissen Distanz. Der vierte Brief, am Neujahrstag verfasst, endete mit den

Worten: *Ich bitte dich nicht um Verständnis, weil ich es selbst nicht verstehe, und gerade deshalb: Vergib mir.* Der fünfte Umschlag war verschlossen und an Anna Prinz adressiert. Die Briefmarke klebte an ihrem Platz, aber aus irgendeinem Grund war er nie abgeschickt worden. Weil er geschlossen war, ließ ich ihn liegen und las ihn nicht.

Ich stand auf, stellte mich ans Fenster und sah auf die dunkle Straße. Bald würden die Nächte kürzer werden, die Dunkelheit auf ein paar Stunden zusammenschrumpfen. Das Eis war vor zwei Wochen geschmolzen, die Stahltürme standen im kalten Wasser. Ich nahm das schwarze Notizbuch, in dem ein vergilbtes Papier lag. Die Urkunde bestätigte die Hochzeit von Frau Anette Braun mit Herrn Johannes Berg in Helsinki im Frühjahr 1924. Die Unterschriften waren verblichen, der Name des Ehemanns kaum noch zu lesen. Ich legte das Dokument auf den Tisch und wandte mich wieder dem schwarzen Notizbuch zu, das auf Deutsch geschrieben war – in jener verschwindend kleinen Handschrift, die ich aus den Bemerkungen in den Schmetterlingsbüchern kannte. Auf der ersten Seite stand: *Henri Ruzicka, 7. August 1963.* Es folgte das Reisetagebuch eines Spätsommers und Herbstes. Zu der Zeit war ich fünf Jahre alt, Henri Ruzicka knapp über fünfzig.

Ich blätterte das Buch behutsam durch und versuchte, mir ein Bild von seiner Reiseroute zu machen. Er war an einem Dienstagnachmittag in Augsburg, Westdeutschland, aufgebrochen und mit dem Zug nach Österreich gefahren. Dort besuchte er einige Dörfer und unternahm Wanderungen in die Alpen. Offenbar war er auf der Suche nach einem Schmetterling namens *Parnassius phoebus*, der in etwa zweitausend Meter Höhe lebte. Am sechzehnten August überquerte er die Dolomiten und erreichte Verona. Von dort aus fuhr er weiter an den Gardasee, in das Dorf Gardone, und wohnte eine Woche im Hotel Monte Baldo, Corso Zanardelli 110. Mit dem Zug ging es weiter Italiens Küste hinunter, in Ancona bestieg er die Fähre nach Kreta. Henri Ruzickas Notizen waren kurz und präzise. Beim Ablegen des Schiffs schrieb er: *Perla di Ancona, Platz für 125 Passagiere, Baujahr 1956, Kabine auf Deck zwei, zum Meer hinaus, kleines rundes Fenster, Tisch wahrscheinlich Mahagoni, klappbares Bett, Fahrgäste hauptsächlich Italiener, außerdem Griechen, Deutsche und Amerikaner, die trotz ihrer geringen Anzahl das Oberdeck beinahe vollständig einnehmen. Abendessen um 19 Uhr. Heiteres Wetter, die schlimmste Hitzewelle vorbei, oder zumindest kühlt der Wind. Ich sitze auf dem obersten Sonnendeck, der Hafen ist kaum noch zu sehen. Auf der anderen Seite nur Meer, kaum Wolken, am Horizont der dunstige Küstenstreifen, eine Frau mit weißem Schal, sehr hübsch, das Brummen der Maschinen gleichmäßig, behaglich.* Ich blätterte weiter vor, einige Einträge waren geradezu asketisch: *Iphiclides podalirius, zwei Exemplare, Seitenmauer Tempelruine Rethimnon, 12 Uhr, Wetter sonnig; Colias crocea, drei Exemplare, Wiese, Rethimnon, 15 Uhr; Wetter leicht bewölkt.*

Auf Kreta war er den Aufzeichnungen zufolge an einen Scheideweg gelangt und wusste nicht, ob er nach Istanbul oder Alexandria reisen sollte. Ich schlug die letzte Seite des Tagebuchs auf: Henri Ruzicka beschrieb seine Ankunft in Istanbul am dritten September morgens um zehn Uhr zwanzig Ortszeit. Das Wetter war neblig, der Regen ließ nach, dafür kam Wind auf. *Die Meerenge des Bosporus schimmerte silbern, überall ertönte das Dröhnen aus den Nebelhörnern der Tanker: tiefe, langgezogene Laute, als Beben im ganzen Körper zu spüren. Und plötzlich ragten mitten aus dem Nebel beinahe himmelhohe Minarette auf.*

Blieb noch die Holzschachtel. Ich öffnete ihren Deckel und befühlte den Stoff, dessen Ränder sauber und gerade abgeschnitten waren. Ich hob ihn gegen das Licht – da war der bräunliche Fleck, wie getrocknetes Blut. Ich wurde müde und schloss das Kästchen; ich hatte das Gefühl, endlich lange schlafen zu können. Die Kaffeetasse blieb unangetastet auf dem Tisch stehen. Ich sank ins Bett und sah Quetzale, Zwergschattenkolibris, Nashornvögel und Rotbauchtangare die phantastischsten Formen annehmen. Eevas Stimme kam ganz aus der Nähe. Die Leuchtziffern des Radioweckers spazierten durch die Nacht, und ich hielt eine Schachtel in der Hand, in der noch eine Schachtel steckte und darin weitere Schachteln, kleinere, winzigere, die kaum noch zu erkennen waren. Irgendwann ließen sie sich nicht mehr öffnen und verschwanden in der staubigen Luft. Der Wind nahm sie mit, und so verlor sich auch das, was in der letzten, kleinsten Schachtel war.

4

Der neunzehnte April, ein Donnerstag, war so kalt, als sei der Winter zurückgekehrt. Am Strand hatte sich über Nacht eine feine Eisschicht auf dem Sand gebildet, die wie Pergamentpapier knisterte. Direkt am Wasser stand eine eingefallene Burg, ein Überbleibsel aus dem letzten Sommer; vereister Schlamm, dem eine Plastikschaufel nicht gewachsen war.

Ich sorgte mich um die Gardenie auf unserer Fensterbank. Sie bekam zu viel Licht, hatte schon einige gelbe Blätter. Die Blume war im Februar verblüht, davor hatte sie neun Blüten gleichzeitig gehabt, die bis ins Treppenhaus, sogar bis hinaus auf die Straße dufteten.

Zwei Wochen waren seit meinem Besuch in Henri Ruzickas Haus vergangen. Ich hatte mich wieder in die Arbeit vertieft, wie schon den ganzen Winter. Mittags aß ich im Café in der Museostraße und wechselte ein paar Worte mit der Bedienung. Sie war etwas älter als ich, sommersprossig, sehr gesprächig. Meistens saß ich am Fenster im elektrischen Schein der Jukebox, vor Blicken geschützt. Wenn keine anderen Gäste kamen, wählte die Kellnerin einen Titel und trällerte mit. Sie liebte alte finnische Schlager, und ich hörte ihr gern zu. Wenn ich das Café verließ, blieb mir die Melodie oft im Kopf, und ich ertappte mich beim Summen von *Mandshurian kumpuja.* Die Kellnerin achtete darauf, dass ich die richtige Jacke mitnahm, immerhin hatte ich schon zweimal danebengelangt. Beim ersten Mal bemerkte ich den Fehlgriff gleich an der nächsten Straßenecke, als ich in der Sakkotasche nach meinem Kalender fischte und stattdessen einen Schraubenschlüssel fand. Beim zweiten Mal fiel mir die Verwechslung erst auf, als mein Kollege zur stilvollen Jacke gratulierte und fragte, ob ich unter die Freimaurer gegangen sei. Am Revers prangte eine Anstecknadel mit Davidstern.

Vielleicht war es die Kälte, der winterliche Tag oder auch ein ganz anderer Grund – jedenfalls ging ich an diesem Donnerstag vom Café direkt nach Hause und setzte mich an den Küchentisch, um einen Brief an Anna Prinz zu verfassen. Ich schrieb, ich sei der Erbe eines Mannes namens Henri Ruzicka, der im März verstorben war. Den Mann hätte ich nicht gekannt, und die Erbschaft könne ich mir nicht erklären. In seinem Haus sei ich auf einen Brief gestoßen, den eine

Anna Prinz geschrieben habe. Da es keine lebenden Verwandten gebe und mir über mögliche Freunde Ruzickas nichts bekannt sei, ich es aber gut fände, wenn jemand von all dem erführe, wende ich mich jetzt an sie. Schon beim Formulieren meines Anliegens war ich mir sicher, dass ich nie eine Antwort erhalten würde. Anna Prinz' Adresse war beinahe fünfzehn Jahre alt – Straßennamen ändern sich, Häuser werden abgerissen, und außerdem kann ein Mensch mehrmals umziehen oder sterben.

Gegen sechs Uhr war der Brief fertig. Ich brachte ihn zum Postkasten, und als ich wieder nach Hause kam, klingelte das Telefon. Ich sprach etwa zehn Minuten mit meinem Vater, als ich auflegte, blieb das gleiche Gefühl zurück wie schon oft zuvor: Irgendetwas war ungesagt geblieben, etwas, das keiner von uns in Worte fassen konnte, das viel zu groß geworden und nicht wiedergutzumachen war.

Ich blieb am Telefon sitzen und erinnerte mich, wie ich Eeva zum ersten Mal mit nach Hause gebracht hatte. Die Fahrt hatte zwei Stunden gedauert; sie hatte die ganze Zeit geschlafen. Ab und zu blickte ich zu ihr hinüber. Ihr Busen hob sich, das Haar fiel ihr in die Stirn, auf der Wange war eine kleine Druckstelle. Vielleicht spürte ich an diesem Tag zum ersten Mal, wie weit entfernt sie war – ein Gast. Vielleicht nahm dieses Gefühl hier seinen Ursprung, als die Entfernung nach

Hause immer kürzer wurde, oder schon viel früher, vor unserer gemeinsamen Zeit.

Wir waren damals spät am Abend angekommen, es war schon fast dunkel gewesen. Eeva öffnete die Augen und wusste zuerst nicht, wo wir waren. Der Garten duftete nach reifen Äpfeln und nach dem harzigen Aroma von frisch gehacktem Holz. Wir gingen auf das Haus zu, bis Eeva stehen blieb, sich umdrehte und feststellte: Hier kommst du also her. Wir schliefen in meinem alten Zimmer, das eine schiefe Decke hatte und aus dessen Fenster man über die Felder sah. Am nächsten Tag zeigte ich Eeva die Orte meiner Kindheit. Ich erklärte ihr, an welcher Stelle des Flusses ich im Sommer Schwimmen gegangen war – dort, wo das Wasser tiefer, die Strömung langsamer war und es einen wackligen Turm aus Brettern gegeben hatte, den das Schmelzwasser eines Tages mit sich riss. Ich zeigte ihr das Geschäft meines Vaters, das vor ihm mein Großvater geführt hatte und in dessen Keller ich mich früher oft versteckt hatte, wenn ich allein sein wollte. In seinem trüben Licht öffneten sich unendlich viele Räume, Gänge und Nischen, in denen sich das Gerümpel von Jahren angehäuft hatte: Ausschuss, unbenutzte Geräte, alt gewordene Kaffeepakete, Dosen, Trinkflaschen, Pappkartons. In die finsteren Ecken traute ich mich nicht. Nur im Schein der Lampe war ich sicher, und an der Grenze zur Dunkelheit, am

Ende eines Ganges, stapelten sich Säcke, auf denen ich verblasste Buchstaben entziffern konnte: *Aniche*.

Ich erzählte Eeva von der Schule, die ich besucht hatte und die mittlerweile geschlossen war. Ein paar Schulkarten hatte ich retten können, und abends breiteten wir die imposante Asienkarte auf dem Boden meines Zimmers aus. Spät in der Nacht reisten wir zuerst die Wolga hinunter bis ans Kaspische Meer, fuhren über das Ustjurtplateau und erreichten Kirgisiens endlose Steppe. Wir segelten den Syrdarja hinunter, an dessen Steilufern Orangenbäume wuchsen, in denen Kinder saßen und uns in einer unverständlichen Sprache etwas zuriefen. Ihre Haare waren kurz geschoren, sie rannten die Böschung entlang, bewarfen uns mit Pflaumen und winkten. Doch der Wind trieb uns fort, bald sahen und hörten wir sie nicht mehr. Wir segelten bis in die Nacht hinein, unter sternenklarem Himmel, vorbei an Taschkent, bis zur Mündung des Flusses. Dann überwanden wir Berge, ich trug Eeva auf den Schultern, bis wir so müde waren, dass wir einschliefen. Als wir bei Tagesanbruch erwachten, umhüllten uns Wolken. Wir stachen Löcher hinein, sanken herab und erreichten endlich den Strand des Issyk-Kul, an dessen Horizont ein weißes Schiff fuhr.

5

Auch wenn ich versuchte, mich auf andere Dinge zu konzentrieren, kreisten meine Gedanken immer häufiger um Henri Ruzicka. Ich ertappte mich bei Tagträumen, in denen die wenigen Dinge, die ich über sein Leben wusste, sich einander näherten und dann wieder auseinanderdrifteten, sodass ich sie nicht fassen konnte. Unter anderen Umständen hätte ich mich anders verhalten. Ich hätte das Haus sofort verkauft, das wenige Geld zufrieden an mich genommen und die ganze Sache vergessen. Aber in diesem zerbrechlichen Frühling hielt der Gedanke an Henri Ruzicka mich in der Welt, bot mir einen Fixpunkt.

Ungefähr einen Monat nachdem ich Anna Prinz geschrieben hatte, lag auf dem Fußboden zwischen der anderen Post ein kleiner Briefumschlag. Ich wusste, dass ein Wunder geschehen war. Auf dem Brief stand mein Name, meine Adresse, und als ich ihn umdrehte, las ich in schon bekannter Handschrift: *Anna*

Prinz, Kölnstraße 4, D-01976, Pirna, Deutschland. Ich riss den Umschlag auf und prüfte als erstes die Unterschrift. Tatsächlich, da stand es: *Anna Prinz.* Der Brief war kurz. Sie bedauere zu erfahren, dass Henri gestorben sei, wenn sie auch zugeben müsse, diese Nachricht erwartet zu haben. Sie wäre darauf gefasst gewesen, nie wieder von Henri zu hören. Sie bedankte sich dafür, dass ich an sie gedacht und den Mut gehabt hatte, ihr zu schreiben. Ja, Henri und sie hätten einander gekannt, auch wenn die letzte Begegnung beinahe vierzig Jahre zurücklag. Vieles sei bereits vergessen. Warum Henri Ruzicka sein Testament zu meinen Gunsten gemacht habe, könne sie leider nicht sagen. Sie entsinne sich an nichts, das als Erklärung dienen könnte.

Ich drehte und wendete den Brief, las ihn noch einmal, öffnete das Fenster und zündete eine Zigarette an. Kaum zu glauben, dass die Frau tatsächlich lebte und in fünfzehn Jahren nicht umgezogen war. Was wohl geschehen war, als sie meinen Brief bekommen hatte? Vielleicht hatte sie Henri Ruzicka vergessen, vielleicht war er für sie zu einem dieser Menschen geworden, an die man nicht mehr denkt. Ich dachte an die vielen Eindrücke von Menschen, die sich mit der Zeit in unserem Gedächtnis ablagerten: Menschen, die wir nur einmal gesehen hatten. Menschen, die wir auf dem Schulweg gefürchtet hatten. Kindheitsfreunde. Schwärmereien. Menschen, die wir gerne getroffen hätten. Menschen, denen wir einen Besuch versprochen hatten, den wir nie antraten. Menschen, die wir nur zufällig trafen. Menschen, die nach Jahren wieder auftauchten, zum besten Freund wurden und wieder verschwanden. Menschen aus Zeitschriften. Menschen auf der Rolltreppe, an Busfenstern. Brieffreunde. Studienkollegen. Entfernte Verwandte, von denen wir nichts wussten. Freundliche Kellner im Ausland. Gesichter ohne Namen. Menschen, die wir vergessen wollten. Menschen, die uns vergessen hatten.

In den nächsten Wochen schrieb ich zwei weitere Briefe an Anna Prinz. Auch wenn sie mir vielleicht nicht mehr antworten würde – ich wollte es trotzdem versuchen. Ihre zweite Antwort kam zwei Wochen nach der ersten und war genauso kurz und zurückhaltend. Immerhin beantwortete sie meine Briefe, und mir schien, nicht nur aus Höflichkeit. Ich hatte den Eindruck, es sei etwas geschehen – irgendetwas ließ sie nicht los.

Schließlich gestand ich ihr, sie sei der einzige Mensch, der mir von Henri Ruzicka erzählen könne, es gebe keine anderen Spuren. Sie antwortete am ersten Juni in ihrer zarten Handschrift: Vieles habe ihr zu denken gegeben, und auf diese Gedanken sei sie nicht gefasst gewesen. Deshalb sei es ihr schwergefallen, überhaupt zu schreiben. Sie könne sich Henri Ruzicka als alten Herrn kaum vorstellen, für sie war er derselbe Mann wie damals, als er den Ort verlassen hatte. Außerdem sei ihr immer noch nichts eingefallen, das mir bei dem Rätsel der Erbschaft helfen könnte. Aber sie habe schon oft erlebt, dass Antworten sich nebenbei ergaben – wenn man nicht direkt nach ihnen suchte. Wenn ich also wolle, sei sie bereit, ausführlicher mit mir über Henri zu sprechen; natürlich unter Berücksichtigung ihres begrenzten Erinnerungsvermögens. Sie könne sich nur nicht vorstellen, wie diese Unterhaltung stattfinden solle, da wir so weit voneinander entfernt wohnten und die nachlassende Sehkraft ihr das Schreiben erschwere. Grauer Star, erklärte Anna Prinz und schloss poetisch, gleichsam losgelöst vom restlichen Text: *Langsam hüllt sich unser Horizont in Nebelschleier.*

Später an diesem Abend stellte ich die Gardenie ans Westfenster. In einem Buch hatte ich gelesen, dass dies der beste Standort sei. Das Fenster trennte mich von der Welt; ich hörte den Wind daran rütteln. Schwere Wolken schoben sich über das Haus hinweg, und um mich herum toste die Nacht.

Zweiter Teil

6

Am sechsten Juni startete mein Flug in Helsinki-Vantaa. Ich sah unter uns Straßen, Felder, Kreuzungen und Autos, die kleiner und kleiner wurden. Je höher wir stiegen, desto weniger konnte ich glauben, dass in den langsamen, beinahe stehenden Miniaturautos echte Menschen saßen, die atmeten und ein Leben führten einsame Reisende, ganze Familien: ein träger Strom, unaufhörlich und zwanghaft seiner eigenen merkwürdigen Logik folgend. Wir flogen bald sehr hoch und sahen den schroffen Saum der Küste, wo das Land im Meer versank. Das seichte Wasser schillerte noch lange – bis wir uns so weit entfernt hatten, dass nur noch einsame Inseln im windstillen Meer zu sehen waren.

Anna Prinz hatte meinen letzten Brief prompt beantwortet und mich herzlich eingeladen. Sie helfe mir liebend gern, wenngleich sie sich auch etwas über die Mühe wundere, die ich mir mit dieser Sache machte.

Sie bedauerte, mich nicht beherbergen zu können, aber sie habe nur noch zwei Zimmer. In der Stadt gebe es, nicht weit vom Bahnhof, ein schönes Hotel, in dem zu dieser Jahreszeit sicher noch etwas frei sei. Als Anna Prinz' Brief ankam, setzte ich mich gleich mit meinem Vorgesetzten in Verbindung und bat ihn, meinen Sommerurlaub um einen Monat vorzuverlegen – da gerade nichts Eiliges anlag, willigte er ein.

Ich kaufte ein Flugticket nach Berlin. Von dort aus wollte ich am nächsten Tag mit der Bahn nach Dresden und noch zwanzig Kilometer weiter bis nach Pirna fahren, wo ich mich für den späten Nachmittag ankündigte. Wie immer, wenn eine Reise bevorstand, war ich unruhig und fühlte mich benebelt von all dem, was noch konturlos vor mir lag. Wie mochte sich Eeva wohl gefühlt haben, als sie mich im Dezember zurückgelassen hatte? War sie froh oder traurig gewesen?

Ich verabschiedete mich von niemandem, schließlich wollte ich schon in wenigen Tagen zurück sein.

Meine Nervosität wirkte nicht gerade beruhigend auf meine Sitznachbarin, eine jüngere Frau, die das Fliegen noch mehr zu fürchten schien als ich. Sie saß starr vor Angst auf ihrem Platz und umklammerte mit weißen Fingern die Armlehnen. Auch um mich selbst abzulenken, sprach ich sie schließlich an und brachte ein paar tröstend gemeinte, aber unbeholfene Sätze hervor. Sie löste ihre Finger von den Lehnen, lächelte und sagte, sie fürchte sich trotzdem vor dem Tod. Das war der Anfang einer halbherzigen Unterhaltung, die ziemlich mühsam voranschritt und in deren langen Pausen ich krampfhaft versuchte, mir etwas Geistreiches einfallen zu lassen. Die Situation barg eine gewisse Komik – nichts machte dies deutlicher als die kleine Geschichte, die ich nach einer unwichtigen gedanklichen Abschweifung zum Besten gab: Der ungarische Baron Wolfgang von Kempelen hatte im siebzehnten Jahrhundert für die österreichische Kaiserin einen türkisch gekleideten Schachroboter gebaut. Dessen mechanische Finger bewegten die Schachfiguren mit unfehlbarer Sicherheit. Jeder, der ihn sah, war begeistert – ganz abgesehen davon, dass er auf seinen Tourneen die besten Schachspieler der europäischen Höfe besiegte.

Ich faltete die heiße Imbissfolie meines Mittagessens zu einem erstaunlich festen Würfel zusammen und erklärte meiner Nachbarin, dass der türkische Maschinenmensch vor einem Kasten von etwa einem Meter Höhe und Breite gesessen hatte, in dem verschiedene Räder, Hebel und Trommeln untergebracht waren. Der Baron zeigte dem Publikum die Luken und Läden des Apparats vor jeder Partie, doch niemand fand je heraus, worin das Geheimnis des Mechanismus bestand. Später ging das Gerücht um, im Schrank versteckt hocke der bucklige Elsässer Wilhelm Schlumberger – obwohl mir auch eine Theorie zu Ohren gekommen ist, der zufolge es der polnische Offizier Worulski gewesen sein soll, der im Krieg die Hälfte seines Körpers an eine Kanonenkugel verloren hatte.

Der Flug dauerte nur zwei Stunden. Ermattet von zwei Fläschchen Wein und der Geschichte vom Schachroboter, war meine Sitznachbarin schließlich eingeschlafen. Im Landeanflug schlief sie noch immer. Die Stewardess beugte sich zu mir herüber und bat mich, den Sicherheitsgurt zu schließen. Sie hinterließ einen Hauch von Parfum. Aus dem Fenster sah ich eine Landschaft, über die allmählich die Dämmerung hereinbrach: Ein Fluss bahnte sich seinen Weg durch ein Wäldchen, alles war besiedelt, menschliche Spuren, so weit das Auge reichte. Wir sanken weiter, die Gebäude rückten näher zusammen und verdichteten sich, und bald überflogen wir riesige Hochhaussiedlungen, deren geometrische Formen sich unablässig, mit einem eigenen Gesetz zu ändern schienen. Schon konnte ich winzige Balkone ausmachen: Tausende von Balkonen, auf denen Menschen hinter Satellitenschüsseln ihre Wäsche trockneten. Ihre Blumentöpfe schaukelten, Gardinen verblassten in der Sonne. Als das Flugzeug eine scharfe Kurve flog, hörte ich das Dröhnen der Maschinen, und plötzlich blendete mich das Licht.

Später stand ich am Flughafen, wartete auf das ankommende Gepäck und betrachtete die Aufkleber, mit denen die Koffer auf dem Förderband beklebt waren – Erinnerungen an exotische Urlaubsziele. Meine Sitznachbarin verabschiedete sich von mir: Das nächste Mal wolle sie versuchen, weniger ängstlich zu sein. Ich wiederum versprach, das türkische Rätsel für sie zu lösen. Als ich durch die Passkontrolle in die unbehagliche, mit rot-weißem Plastik verkleidete Ankunftshalle in Berlin-Tegel ging, wusste ich zuerst nicht, woran ich mich orientieren sollte. Menschen liefen an mir vorbei: Männer mit Aktentaschen, Taxifahrer, die sich Dinge zuriefen, Stewardessen in blauen Kostümen, Putzfrauen mit klappernden Wagen – Dutzende von Menschen, wie ins Meer geworfene Flaschen. Mir schwirrte der Kopf von der Hektik, der Menschenmenge. Ich sah meine Sitznachbarin im Gewühl verschwinden und blieb einen Moment allein zurück auf der Suche nach Schildern, die mich in irgendeine Richtung dirigieren würden.

Schließlich fand ich den richtigen Bus und fuhr durch ein düsteres Vorstadtgebiet: grell beleuchtete türkische Kioske zwischen gespenstischen Industrieanlagen mit dunklen, abweisenden Mauern. Der Bus war zu dieser späten Stunde nur halb voll. Nach kurzer Zeit bogen wir in die Straße Unter den Linden ein, doch Linden konnte ich dort trotz des schönen Namens nicht entdecken. Die meisten Fahrgäste waren bereits ausgestiegen. Als wir am fast vierhundert Meter hohen Fernsehturm vorbeikamen und bald darauf am Alexanderplatz hielten, gab es außer mir nur noch einen Fahrgast, eine asiatische Frau.

Ich blieb eine Weile auf dem Platz stehen, der beinahe leer war, und betrachtete die Gebäudekolosse ringsum. Nichts erinnerte mehr daran, dass dieser Platz einmal das Herz einer geteilten Stadt gewesen war. Hier hatte sich Alfred Döblins Pechvogel Franz Biberkopf Anfang der Zwanzigerjahre herumgetrieben, bis er zuerst seinen Arm und später sein Leben verlor. An einer Seite befand sich die Weltuhr, eine Sehenswürdigkeit – vielleicht, weil dies der einzige Ort war, an dem der ehemalige Ostberliner sich einbilden konnte, auf Reisen zu sein. Die Uhr zeigte die Zeit der verschiedenen Zeitzonen an. In ihrem rostigen Rahmen knirschte sie langsam vor sich hin, als hinge die Zeit davon ab, dass ein Mechaniker die Runde machte.

Diese ziemlich unheimliche Konstruktion erinnerte mich an eine Geschichte. Ein reicher Mann, der sich vor der Nacht fürchtete, hatte sie mir vor Jahren erzählt. Er löste sein Problem, indem er fortwährend von einer Zeitzone in die nächste flog, immer Richtung Westen. Ich stellte mir vor, wie der Mann allein in seinem Flugzeug saß. Hinter ihm erlosch das Licht, und mit jedem verglühenden Sonnenstrahl holte ihn die Angst ein. Er hetzte durch die Lüfte, bis der Albtraum sich langsam verflüchtigte und die silberne Tragfläche seines Flugzeugs wieder im Morgenlicht glänzte. In der Welt dieses Mannes herrschte ein ewiger Tag.

Das Hotel lag gleich am Alexanderplatz, Mollstraße Ecke Otto-Braun-Straße. An der Rezeption füllte ich die Formulare aus und bekam ein Zimmer im neunten Stock. Ich fuhr mit dem Fahrstuhl hoch und folgte einem muffigen Gang mit brauner Auslegeware. Es ging auf zehn Uhr zu. Ich hängte mein Hemd in den Wandschrank und erkundete die Streichholzschachteln, Schokoladenbonbons und Werbebroschüren auf dem Tisch – dazu gedacht, dem Gast ein Gefühl von Wohnlichkeit zu vermitteln. Ich lief hin und her, setzte mich kurz in den weichen Plüschsessel und streckte mich schließlich auf dem Bett aus. Durch das geöffnete Fenster hörte ich das Getöse des Verkehrs. Weit entfernt schien ein Kind zu schreien. Ich hörte das tiefe Rauschen der Stadt, das langsam verebbte, doch nie ganz aufhörte, genau wie das Licht, das die Stadt umfing und niemals verschwand.

7

Am nächsten Morgen trank ich im Frühstücksraum Kaffee, bekleckerte meinen Ärmel mit Orangenmarmelade, bezahlte das Zimmer und ging mit meinem Gepäck zurück auf den windigen Alexanderplatz. Dort bestaunte ich noch eine Weile den Fernsehturm, der aus dem Morgennebel aufragte. Die Spitze seiner Antenne verschwand über mir im Nichts. Dabei fiel mir ein Spiel ein, das ich als Kind mit meinen Freunden gespielt hatte: Unsere Karten zeigten Türme, Masten und Gebäude aus der ganzen Welt und wurden der Reihe nach auf den Tisch gelegt. Das Empire State Building schlug den Eiffelturm, die Cheopspyramide war nichts gegen die Moskauer Universität. Doch am höchsten war der Radio-Warschau-Sendemast, der Schwindel erregende 646 Meter maß. Mochten die sozialistischen Staaten sich auch schwergetan haben mit Dingen jenseits messbarer Maßstäbe – in den Disziplinen Länge, Höhe, Schnelligkeit, Gewicht und Anzahl von Atombomben gewannen sie immer, jedenfalls kam es mir so vor.

Vom Alexanderplatz fuhr ich zum Bahnhof, an dem die Züge nach Dresden gingen. Ich musste anderthalb Stunden warten, denn der Zug war gerade abgefahren. Um mir die Zeit zu vertreiben, spazierte ich vor dem Bahnhofsgebäude herum. Dort verlief die sogenannte »Straße der Pariser Kommune«, hinter der sich eine gewaltige Brachfläche aus Sand und Schotter erstreckte. Entlang dieses Geländes hatte die Mauer einmal die Stadt geteilt. Jetzt durchzogen nur noch metallene Schienenstränge die Fläche. Der Wind wirbelte Staub und Müll auf, leere Limonadenflaschen lagen verstreut. In wenigen Jahren würde dieser Platz mit Geschäftshäusern bebaut sein, die allen Schmutz unter sich begruben. Vielleicht würde auch die Straße einen neuen, zur Gegenwart passenden Namen bekommen. War die Pariser Kommune nicht der erste chaotische Versuch gewesen, die Arbeiterklasse an die Macht zu bringen? Ein trauriges Vorspiel der kommenden Revolution? Wenn ich jetzt auf diese riesige, vom Wind gepeitschte Leere vor mir schaute, kam ich nicht umhin, in ihr etwas Symbolisches zu sehen. Obwohl ich mich als junger Mensch für Revolutionen begeistert hatte, erfüllten sie mich jetzt nur noch mit Schrecken.

Wenig später saß ich im Zug, sah aus dem Fenster und glaubte immer wieder, unter den Menschen auf dem Bahnsteig bekannte Gesichter ausmachen zu können. Gesichter, die ich vor Jahren gekannt hatte. Natürlich irrte ich mich; so wie jeder, der schon lange einen Vermissten sucht – vor allem, wenn er auf der Suche nach sich selbst ist, nach der eigenen, einsam hallenden Stimme. Ich versuchte, mir Anna Prinz' Gesicht vorzustellen, hörte aber nur diese merkwürdigen, frei schwebenden Worte, die mich nicht losließen: *Langsam hüllt sich unser Horizont in Nebelschleier.* Als der Zug gemächlich aus dem Bahnhof fuhr, sah ich über mir im Dach in Eisen gefasste Glasrauten, die das schwache Licht filterten. Ich sank in den weichen Sitz und überließ mich dem monotonen Rattern der Räder. Bald rasten wir durch die Vorstadt. Hier waren die Häuser niedriger, an ihren Wänden hingen Staub und Ruß. Tag und Nacht klapperten Teller und Tassen, während draußen die Züge vorbeifuhren. Kinder mit schmutzigen Füßen spielten auf Dächern mit ihren Gummizwillen, ließen die Beine über die Regenrinne baumeln und schossen mit Steinen und Schraubenmuttern, die an die Zugfenster prasselten. Die Räder der Waggons quetschten Münzen platt, und die Kinder winkten, Mütter lehnten sich aus den Fenstern, wie aus Luken von Ozeandampfern, die im Hafen verrosteten. Ganz am Rande der Stadt passierten wir das Hotel City Park: schwer zu sagen, ob es noch in Betrieb war –

das halb verfallene Schild schaukelte unbeirrt auf dem Dach des Gebäudes.

Auf halber Strecke veränderte sich die Landschaft. Wir fuhren durch Braunkohlegebiete, von denen ich einmal Bilder gesehen hatte: gewaltige Tagebauten, durch die sich schwere Schaufelradbagger fraßen. Auch nachts standen sie nicht still. Im Licht der Scheinwerfer, das den Nebel durchschnitt, unter dem Druck der Berechnungen ihrer Ingenieure, zermalmten sie mit klopfenden, mechanischen Herzen langsam die Landschaft, frästen sich Meter um Meter durch die Hügel. Die Bäume waren schon lange verschwunden, Tiere hatten sich in ihre Höhlen verkrochen, selbst der Tag war ergraut, bis das Land dem Mond glich. In diesen Anblick versunken, glaubte ich plötzlich, wir führen am Rand der Welt entlang: Der Zug stampfte gleichmäßig voran, und der Lokführer bemerkte nicht den Abgrund in der Ferne, der uns bald in bodenlose Dunkelheit reißen würde. Instinktiv kniff ich die Augen zusammen. Als ich sie wieder öffnete, vorsichtig, erst eins, dann das andere, säumten erste Bäume die Felder. Die Farben kehrten zurück, aus Tannen wurden Nadelwälder, die Baumstämme verschwammen vor den Augen – bis der Wald auf einmal zu Ende war und sich vor dem Fenster der Blick in ein Tal bot, das sich bis weit in die Ferne erstreckte. Und wie zum endgültigen Beweis dafür, dass die Welt noch existierte, zeigte sich neben der Bahnstrecke ein Hirsch.

Nach einigen Stunden Zugfahrt erreichten wir Dresden. Dort stieg ich in eine furchtbar langsame Regionalbahn und kam schließlich um halb zwei nachmittags in Pirna an. Das Hotel am Bahnhof war schnell gefunden. Es lag in einer ruhigen Nebenstraße mit raschelnden Ahornbäumen. Das Zimmer war klein und sauber, über der Kommode hing der Druck eines Renoir-Gemäldes. Ich wusch mein Gesicht mit kaltem Wasser, zog ein sauberes Hemd an und ging hinunter an die Rezeption. Dort erklärte ich, dass ich in die Kölnstraße 4 wolle. Der Rezeptionist kannte die Straße nicht, und so studierten wir den Stadtplan, bis wir sie ganz am Rande der Stadt entdeckten. Da die Busse unregelmäßig fuhren, empfahl der Rezeptionist mir, ein Taxi zu nehmen. Also kehrte ich zum Bahnhof zurück, vor dem tatsächlich ein paar freie Wagen warteten.

Wir fuhren durch das kleine Stadtzentrum, das aussah wie ein verträumtes Alpendorf. An den Giebeln der weiß gekalkten Häuser waren dunkle Holzverzierungen angebracht. Eines der Dächer schmückte ein blecherner Hahn. Ich kam mir vor wie an einem Ort aus den Märchenbüchern meiner Kindheit. Der Taxifahrer erkundigte sich, warum ich die Stadt besuchte. Ich murmelte etwas von einer Urlaubsreise und wurde darüber aufgeklärt, dass er seinen Urlaub woanders verbringen würde. Aber wo ich nun schon mal da sei, wäre es wohl gut zu wissen, dass am Wochenende in der Stadt ein Markt stattfände. Dorthin kämen Leute aus der ganzen Region. Und falls ich interessiert sei: Er kenne auch einen Winkel, in dem man abends nicht allein sein müsse, *if you know what I mean*, fügte er auf Englisch hinzu. Ich dankte dem Fahrer für seine Fürsorge, bezweifelte aber, dass ich seine Hilfe in Anspruch nehmen würde.

Das Taxi setzte mich bei Anna Prinz ab. Einen Moment lang betrachtete ich von der Straße aus das alte zweistöckige Steinhaus. In der Weißdornhecke gab es eine Eisenpforte, deren Angeln bedenklich quietschten. Eine Steinmauer umgab den kleinen Garten, der bis an die Wand des Nachbarhauses reichte und sich hinter dem Gebäude fortzusetzen schien. Da ich keine Klingel fand, klopfte ich an die Tür. Als niemand öffnete, folgte ich dem schmalen gepflasterten Weg um das Haus herum, bis ich sie endlich fand.

Anna Prinz drehte mir den Rücken zu. Sie trug eine Strickjacke und einen warmen Rock, obwohl es ein freundlicher Tag war. Ihr Gesicht konnte ich nicht sehen. Im Garten war es still, ich hörte nur das Rascheln der Blätter und das Quietschen der Pforte im Wind. Im Licht des Nachmittags wirkte alles zerbrechlich, entrückt. Sie stand in ihre eigene Welt vertieft. Ich begrüßte sie von weitem, aber sie nahm mich nicht wahr. Als ich näher kam, drehte sich Anna Prinz um und kniff die Augen zusammen: Sie habe sich einen älteren Mann vorgestellt. Kommen Sie, fuhr sie fort, ergriff meine Hand und führte mich weiter in den Garten hinein. Ihre Finger waren weich und glatt von der Arbeit, die Knochen deutlich durch die Haut zu spüren. Sie züchte im Gemüsebeet Tomaten. Seit fünfzig Jahren pflanze sie die Früchte an, und jeden Spätsommer, wenn sie reif waren, würden sie geerntet und hinten im Hof in einem großen Topf zusammengekocht – bis das Wasser verdampft war und die Masse eindickte. Dann gebe sie Salz, Pfeffer und eine Prise Zucker hinein und fülle alles in Einmachgläser, als Reserve für den Winter. Würde sie zählen, wie viele dieser Früchte sie im Laufe ihres Lebens gegessen habe, die Summe würde ihr niemand glauben. Aber es gab Zeiten, da habe es nichts anderes gegeben. Müsste sie sagen, was sie gerettet habe, so laute die Antwort völlig unpoetisch: Tomaten. Menschen kommen und gehen, schloss Anna Prinz, die Tomaten bleiben. Verwundert hörte ich ihr zu und hielt immer noch ihre Hand, denn sie drückte meine so fest, dass ich mich nicht losmachen konnte. Ich starrte auf ihre im Wind schwankende Erscheinung und auf die Tomatentriebe, die in den leuchtend blauen Himmel wuchsen.

8

Am späteren Nachmittag saßen wir in Anna Prinz' Küche, auf dem Gasherd erwärmte sich langsam der Teekessel. Zu Beginn unserer Unterhaltung redete ich sie mit Frau Prinz an. Sie korrigierte mich aber sofort: Sie hieße Fräulein Prinz, würde sich aber wohler fühlen, wenn ich sie einfach Anna nennen würde. Heutzutage werde auf Förmlichkeiten kein Wert mehr gelegt, und sie hoffte, ich hielte das genauso. Also versprach ich ihr, sie Anna zu nennen; wenn auch zögernd, denn der Vorname klang für mich eher nach einem jungen Mädchen als nach einer alten Frau. Aber je mehr Zeit verging, je länger ich ihr zuhörte und sie anschaute, desto schwerer fiel es mir, vor mir noch den alten Menschen zu sehen.

Anna hatte ihr Leben lang in diesem Haus gewohnt. Sie war hier geboren und würde wahrscheinlich hier sterben. Während ihres Studiums hatte sie zwar in Dresden gewohnt, am Königsberg Nummer dreiundvierzig, doch wenn von über siebzig Lebensjahren die Rede ist, behauptete Anna, bedeuteten ein paar Jahre gar nichts, sinnlos, sie zu zählen. Außerdem käme es ihr mit zunehmendem Alter so vor, als konzentriere sich das Leben im Rückblick auf immer kürzere Abschnitte – von denen einige aus verschiedenen Gründen klarer hervortraten als andere.

Ihr Vater hatte einen Gemischtwarenladen geführt, der seinerzeit den größten Teil des Erdgeschosses einnahm. Die Wohnstuben befanden sich im Obergeschoss, der Garten war größer und ertragreicher. Doch kurz nach dem Krieg änderte sich alles, und der Staat übernahm den Laden. Es dauerte nicht lange, bis das Geschäft nicht mehr existierte. Der Familie blieben zwei Zimmer, die übrigen wurden vermietet. Es war Diebstahl, betonte Anna, doch so sei es seitdem geblieben, und jetzt sei es sogar zu groß für eine Person. Ihr Vater habe nach diesen traurigen Ereignissen nicht mehr lange gelebt. Und auch wenn es für seinen Tod viele Ursachen gebe – vor allem das Trauma des Krieges und die Erfahrung, dass sein mühsam aufgebautes Geschäft sich in Luft auflöste, habe etwas in ihm zerstört.

Anna erinnerte sich noch an den Tag, an dem ihr Vater seine neue Stelle antreten musste: als unterer Beamter für das staatliche Handelsregister. An diesem Morgen sagte niemand ein Wort; der Vater hatte die ganze Nacht durchwacht. Bei Tagesanbruch behauptete er, jemand habe nachts Teekessel und Herd geklaut. Tatsächlich hatte er aus lauter Müdigkeit seine Brille auf dem Nachttisch liegen lassen und irrte deshalb wie ein Blinder mit ausgestreckten Armen durch die Küche, von einer Ecke in die andere. Irgendwann hatte Annas Mutter es satt, ihren Mann so zu sehen. Sie nahm die Zügel in die Hand, kleidete ihn an, band seinen Schlips und schob ihn hinunter auf die Straße, auf der er wie ein Schlafwandler verschwand. Wenn sie jetzt darüber nachdenke, meinte Anna, beinhalte das Bild ihres taumelnden Vaters noch viel mehr – ihre gesamte damalige Situation, oder sogar die ganze Epoche, in der sie lebten, die Verwirrung, aus der viele nie wieder zu ihrem alten Selbst zurückfanden.

Als der Teekessel pfiff, stand Anna Prinz auf und schaltete den Herd aus. Die bläuliche Flamme erlosch langsam, es roch leicht süßlich nach Gas und Teeblättern. Anna stellte Tassen und die Kanne auf den Tisch; ein Tassenrand hatte einen Sprung. Ich sah mich um und konnte mir ihre Familie in derselben Küche vor vierzig Jahren vorstellen. Viel hatte sich nicht verändert: Der Gasherd war uralt, die Mauer von oben bis unten von einem Riss durchzogen. Im Fenster hing eine Blumengardine, die in der Sonne ausgeblichen war. Der grellorangefarbene Toaster war allerdings eine neuere Anschaffung aus den Siebzigerjahren.

Anna erklärte, in dem Haus wohnten heute neben ihr drei Familien. Eine der Parteien sei freilich kaum noch als solche zu bezeichnen: Walter Abeck lebe alleine und repariere Radios. Da der Staat heute keine nennenswerte Gefahr mehr darstelle, arbeite er allerdings weniger und verbringe stattdessen mehr Zeit in den Weiten des Äthers. Wer abends an seinem Zimmer vorbeikam, hörte zuweilen von drinnen ein Rauschen, steigend und fallend, sowie seltsame Sprachen, die Walter Abeck aus allen möglichen Sendern fischte und denen er in seiner Einsamkeit lauschte, ohne ein Wort zu verstehen. Walter habe auf dem Hausdach sogar eine eigene Antenne installiert – ein erbärmlich getarntes, verworrenes Gebilde, das in der Nachbarschaft nur Weihnachtsbaum genannt wurde. Einmal hatte Anna Walter etwas fragen wollen, als er sie hereinbat und neben seine Rundfunkanlage auf einen Stuhl drückte. Sie hörte jemanden schnell und undeutlich sprechen. Die Stimme war zwischendurch nicht mehr vernehmbar, drang dann wieder scharf aus dem Untergrund hervor. Als sie Walter verwundert ansah, flüsterte er ihr ins Ohr: Schanghai.

Gegenüber von Walter Abeck, erklärte Anna weiter, also direkt über ihr, wohnten Marina und Peter Landthaler mit ihren beiden Kindern Elke und Silke. Die Mädchen hatten gerade an der Jugendweihe teilgenommen. Besonders Silke, die Jüngere von beiden, schien die ganze männliche Jugend der Gegend im Schlepptau zu haben. Es sei seltsam, meinte Anna, wie ein Kind eines Tages mit einem fremden Ausdruck im Hof erscheint und sich unter dem Hemd Brüste wölbten. Als breite sich in einer schönen Nacht eine geheimnisvolle Substanz im Kinderzimmer aus.

Die dritte Familie, das Ehepaar Bilek, war im vorigen Jahr aus Chemnitz zugezogen. Franz Bilek hatte dort in einer Zinkfabrik gearbeitet, war dann aber an einem undefinierbaren Leiden erkrankt, zu dessen Symptomen jedenfalls eine Unterfunktion der Lunge sowie plötzliche Schläfrigkeitsanfälle gehörten. Regina Bilek war überzeugt, es handele sich hierbei um die Schlummersucht, verursacht durch das im Organismus angesammelte Zink. Einmal hatte Regina Anna erzählt, wie ihr Mann in der Bank angestanden und mit dem Kopf auf der Schulter seines Vordermanns eingeschlafen sei. So verharrten die beiden dort in tiefem Einvernehmen, wie zwei Beeren an einem Zweig, denn der freundliche Herr brachte es nicht übers Herz, seinen erschöpften Leidensgenossen zu wecken. Ein andermal hatte die Schläfrigkeit beinahe schicksalhafte Folgen: Franz war beim Warten vor einer Ampel eingenickt. Er wäre kopfüber auf die Fahrbahn gestürzt, hätte nicht ein flinker junger Mann ihn mitten im Fall zu fassen gekriegt. Sicher gäbe es noch mehr Geschichten dieser Art, vermutete Anna Prinz, ganz zu schweigen davon, wie häufig der arme Franz ein Café oder Restaurant betäubt verlassen hatte, ohne auch nur einen Tropfen getrunken zu haben. Nach all diesen Erlebnissen verließe Franz Bilek heute kaum noch das Haus. Bald seien sein einziger Kontakt zur Außenwelt das Fenster seines Zimmers und Regina Bileks Berichte von den Geschehnissen in der Stadt. Und der Hund. Eines Tages habe seine Frau nämlich einen Hund gekauft, der nach dem amerikanischen Schauspieler Humphrey Bogart benannt wurde.

Ich lauschte Anna Prinz, trank Tee und dachte an die Bewohner dieses Hauses: Franz Bilek, dessen Frau ihm seine Welt erschuf, Walter Abeck, dessen Leben immer anderswo stattfand. Welchen Platz ich wohl in dieser kuriosen Reihe einnahm. Je länger ich darüber nachdachte, desto niedergeschlagener fühlte ich mich, bis Annas Stimme meine Gedanken wieder unterbrach. Sie hatte ein Fotoalbum aus dem Bücherregal geholt und auf den Tisch gelegt und betrachtete die Bilder in einem Anflug von Rührseligkeit. Sie zog ihren Stuhl neben meinen, wies auf ein Foto und erklärte, dies seien ihre Eltern, sie selbst in der Mitte und daneben ihre kleine Schwester Ingrid, 1931 auf Urlaubsreise im Sudetengebirge. Anna war damals fünfzehn, ihre Schwester einige Jahre jünger. Sie lächelte und trug einen gepunkteten Rock, der bis zu den Knien reichte. Alle wirkten sehr glücklich. Die kleine

Schwester drückte etwas an sich, ihre langen Haare fielen bis auf die Hüfte. Im Hintergrund war ein See zu sehen, dessen schroffes Waldufer steil ins Wasser abfiel. In der Ferne zeichneten sich Berge ab, deren Silhouetten sich überlagerten und dann am Horizont verblassten. Das Wasser hinter der Familie glänzte still und dunkel, und ich konnte mir vorstellen, wie kalt es selbst im Sommer war. Wie als Antwort auf meine Gedanken erzählte Anna, dass sie im Bergsee geschwommen seien – doch selbst wenn der Tag schön und warm gewesen sei und sie alle gut gelaunt waren, habe das Wasser bedrohlich gewirkt. Möglicherweise erinnerte sie sich deswegen so deutlich an den Ort. Sie fürchtete damals, jeden Moment von etwas erfasst und hinunter in die tiefe Strömung gezogen zu werden. Noch in der Nacht, die sie in einer Hütte etwas höher an einem Fichtenhang verbrachten, spürte sie das dunkle Wasser auf ihrer Haut, über ihrem Gesicht – bis irgendwann Ingrid neben sie krabbelte, so wie sie es seit vielen Jahren tat. Auch wenn sie sich in dieser Nacht selbst fürchtete, ihre kleine Schwester habe fortwährend unter Angstzuständen gelitten. Bei jeder Gelegenheit verkroch sie sich neben Anna, suchte an ihrem Rockzipfel Schutz. Anna fand nie heraus, was der Grund für Ingrids Angst war. Ihrer Meinung nach lag darin etwas Prophetisches, als habe die Schwester in ihrem Kinderkörper die Greuel der kommenden

Jahre vorausgespürt. Und als Ingrid später nicht mehr neben ihre große Schwester kriechen konnte, sorgte sie dafür, auch ja keine Nacht allein verbringen zu müssen. Damals begriff Anna, dass es immer Menschen gab, die einer solchen Schwäche nicht widerstehen konnten und sie gerne für sich ausnutzten.

Anna Prinz schwieg und hing ihren Gedanken nach. Ich beobachtete das Licht bei seiner langsamen Wanderung über die Fensterbank und hörte das gedämpfte Ticken der Uhr. Als ich meine Haltung änderte, knarrte der Stuhl. Anna schenkte Tee nach, und ich betrachtete die Bilder im Album, auf denen sie vielleicht zwanzig Jahre alt war. Ich hatte Mühe, das junge Mädchen von den Fotos mit der alten Frau mir gegenüber in Verbindung zu bringen. Konnte sie es eigentlich selbst? Oder war ihr die Jugendliche auf dem Bild fremd geworden? Wer kann schon verhindern, dass seine Erinnerungen sich überlagern und vermischen und man nicht mehr weiß, welcher Teil des eigenen Lebens den Erzählungen oder Erlebnissen anderer entstammt, was gelesen oder anhand von Fotos erinnert und was wirklich das eigene Leben ist.

Als ich die nächste Seite aufschlug, hellte sich Annas Miene auf. Sie zeigte auf ein Bild, auf dem zwei junge Frauen einen Mann in die Mitte nahmen. Alle drei waren festlich gekleidet. Der Herr hatte offensichtlich etwas Lustiges erzählt, denn eines der Mädchen hielt sich mit den Händen die Ohren zu, als wolle es kein Wort mehr von dem Unsinn hören. Die andere drehte sich lachend zur Seite. Anna erklärte, der Herr in der Mitte sei ihr Onkel Lenni, der jüngste Bruder ihres Vaters. Ihr sei nur diese eine Abbildung von ihm geblieben, die eigentlich alles über ihn aussage. Wohin auch immer Onkel Lenni kam, erinnerte sich Anna, erklang anhaltendes Gelächter, und noch lauter schallte sein eigenes Lachen, das sich im ganzen Raum ausbreitete. Anna behauptete, es habe keinen Ort gegeben, an den Lenni nicht mithilfe seines Humors gelangt wäre. Doch habe sich diese Gabe nicht als Segen, sondern vielmehr als das Gegenteil bewiesen. Denn ihr Onkel hatte die Angewohnheit, sich treiben zu lassen: Wenn Lenni am Morgen erwachte, wusste er nie, wo er am Ende des Abends landen würde; ein Ereignis führte zum nächsten. Womöglich hielten es deshalb weder Arbeitgeber noch Frauen länger als ein paar Monate mit ihm aus, auch wenn es viele versuchten. Lenni war imstande, morgens, wenn er auf die Straße hinaustrat, einen Straßenkehrer zu treffen und mit ihm in der Kneipe zu landen, an der Kreuzung in irgendeinen fremden Wagen zu springen oder sich im Restaurant der falschen Tischgesellschaft anzuschließen. Einmal erwachte Onkel Lenni morgens in einer Kabine und musste feststellen, dass er auf einem Überseedampfer Manhattan entgegentuckerte. Den Sohn über zahlreiche Umwege und Ausflüchte von dort zurückzuholen entwickelte sich für Lennis Vater zu einer überaus komplizierten Herausforderung. Annas Vater sagte immer, aus Lenni hätte alles Mögliche werden können, hätte er sich in seinem Leben nur ein Ziel gesetzt. Die Geschichte von Onkel Lenni endete im Herbst 1943. Er fiel irgendwo im nebligen Grenzgebiet zwischen Russland und Polen. Über dieses traurige Ereignis gab es keine genaueren Informationen. Aber Anna war sicher, dass ihr Onkel in dem Augenblick, als er von einem Splitter oder einer Kugel getroffen wurde, gerade einen Witz auf den Lippen hatte und dass es danach in seiner Kompanie trostloser und in jeder Hinsicht verdrießlicher zugegangen sei. Und überhaupt sei es kein Wunder, dass danach an der ganzen Ostfront alles den Bach hinuntergegangen war.

Die ganze Zeit über, die wir am Tisch saßen, hatte Anna Prinz Henri Ruzicka mit keinem Wort erwähnt. Mir fiel auf, dass ich lange nicht mehr an ihn gedacht hatte. Stattdessen lauschte ich Annas umherschweifenden Erzählungen, die munter durch die Zeiten wanderten und doch um etwas zu kreisen schienen. Sie zeigte mir ein Foto, das am Tag ihres Abschlusses am Pädagogischen Institut in Dresden gemacht worden war, 1939, wenige Monate bevor der Krieg begann. Zwei andere abgebildete Personen waren Lisbeth Gnaus, die später Lehrerin in Karl-Marx-Stadt wurde, und Karin Boden, die zu ihrem Unglück einen karrierebewussten SA-Offizier heiratete, den der Zusammenbruch des Reiches mit sich nahm. Doch ihre Namen bedeuteten am Ende nichts – sie gingen unter in der unfassbaren Masse gesichtsloser Namen, die sich durch die Geschichte wälzte, ohne besondere Empfindungen zu wecken; in der Menge überschritten sie die Grenze, hinter der ein Einzelner seine Bedeutung verliert. Während Anna sprach, betrachtete ich ein ganz anderes Bild, das sie leicht bekleidet auf einem Bett zeigte, recht gewagt für diese Zeit. Sie lehnte ihren Kopf in die Kissen und hielt eine brennende Zigarette in der Hand. Ein Knie war lasziv angewinkelt, das weiße Nachthemd reichte gerade über die Hüfte. Ihre Augen waren geschlossen, und sie lächelte wie jemand, für den vieles gerade erst beginnt. In all dem lag eine große Schönheit – die Freiheit, die uns allen so erstrebenswert erscheint.

Draußen dämmerte es. Im Garten leuchtete schwach eine Lampe, Zweige tippten gegen die Fensterscheibe. Die Fotos waren kaum noch zu erkennen. Anna trank lauwarmen Tee und sah auf einmal sehr müde aus – als hätte die Last all der Namen, die sie den Nachmittag über erwähnt hatte, sie erst jetzt eingeholt. Aber du wolltest ja über Henri Ruzicka sprechen, erinnerte sie sich schließlich. Ich nickte, und sie kehrte nach einer Weile mit einem zweiten Fotoalbum an den Tisch zurück. Sie blätterte zerstreut darin herum und deutete dann auf ein Bild. Es zeigte einen Mann um die vierzig, der in Badehose an einem Flussufer stand. Die dunklen Haare waren nass vom Schwimmen, er hatte dichte Augenbrauen, im Gesicht lag etwas Jungenhaftes und gleichzeitig frühzeitig Gealtertes. Ich betrachtete Henri Ruzicka, endlich sein Bild vor Augen, aber es rief keine Erinnerung wach. Ich hatte gehofft, mich an ihn zu entsinnen, sobald ich ihn sähe. Wir saßen schweigend beisammen. Ich kenne ihn nicht, gestand ich schließlich verlegen. Vielleicht kommt das noch, tröstete mich Anna. Vielleicht erinnerst du dich später. Ich stand auf und verabschiedete mich: Sie sei sicher müde, doch wenn es ihr recht wäre, würde ich am nächsten Tag gern wiederkommen. Anna sah auf die Uhr. Es sei wirklich sehr spät, wie schnell doch die Zeit verginge. Sie erwarte mich morgen, und falls es nicht regnete, könnten wir zu dem Haus gehen, in dem Henri gewohnt hatte.

Ich schloss Anna Prinz' Wohnungstür hinter mir und stand einen Moment im Flur, in den ein Schwall undeutlichen Gemurmels getragen wurde – wahrscheinlich aus einem von Walter Abecks zahlreichen Radioempfängern. Im Geiste sah ich den Mann an seinem Gerät hocken, mit geschlossenen Lidern den nächtlich aufblitzenden Klängen lauschend. Auf der Straße duftete es nach Geißblatt. Ich trat durch die

Pforte und ging zu einer Tankstelle ein paar hundert Meter weiter, an der ich ein Taxi bestellte. Ich wunderte mich, wie sternklar der Himmel war, bis mir einfiel, dass wir uns ganz am Rand der Stadt befanden. Bis auf den sanften Schein der Tankstelle gab es keine größere Lichtquelle, die den Sternennebel über uns in seinem langsam schwebenden und doch lichtschnellen Fluss hätte stören können.

9

Am Sonntagmorgen erwachte ich zeitig. Ich frühstückte im kleinen Speisesaal des Hotels, in dem mich beim Eintreten einige Gäste grüßten. Die Kellnerin brachte auf einem Tablett eine Kanne Kaffee, Saft und Croissants. Ich dachte an Anna Prinz' Vater, der Gemischtwarenhändler gewesen war, genau wie meiner. Der Zufall als solcher war nichts Besonderes, aber ich fühlte mich ihm näher – vielleicht auch, weil mich Annas Schilderungen an den schweigsamen Charakter meines eigenen Vaters erinnerten.

Ich hatte meinem Vater nach der Schule oft geholfen. Wenn kein Kunde im Laden war, stand er etwas verloren hinter der Theke. Manchmal ertappte ich ihn dabei, wie er hinten im Lager ziellos Apfelsinenkisten oder Marmeladengläser hin und her räumte. Weil er sich keine Aushilfe leisten konnte, verbrachte er von Jahr zu Jahr mehr Zeit im Geschäft, wurde langsam zu einem Teil des Inventars und verschwand immer länger im Lagerraum. Irgendwann war mir klar, dass die einzige Möglichkeit, ihm nahe zu sein, darin bestand, selbst Zeit im Geschäft zu verbringen – zwischen den Regalen herumzulungern, Preisschilder zu studieren. Mit etwas Mühe könnte ich mich noch immer an den Kilopreis für Gewürzgurken von Weihnachten 1973 erinnern, so wie an das bereifte Fensterglas, durch das ich die Straße sehen und das Rauschen der Welt hören konnte.

Ich beschloss, zu Anna Prinz zu laufen. An der Rezeption bat ich um einen Stadtplan, mit dem ich mich in den Ort aufmachte. Auf halber Strecke überquerte ich einen Fluss, aus dem morgendlicher Nebel stieg. Blätter trieben im Strom, die weißen Nebelschwaden schmiegten sich an die Bäume, Zweige lehnten sich in den Wind, und hinter dem Dunstschleier trat das Licht hervor. Am anderen Flussufer standen weniger Häuser, und die Luft war hell und klar. Nach einer Stunde erreichte ich das Haus. Anna war im Garten, wie am Tag zuvor, um sie herum hingen weiße Laken an langen Leinen. Sie stand inmitten der wehenden Tücher, schien sogar selbst zu schwanken, und ich bemerkte den Duft frischer Wäsche schon von Weitem, noch bevor sich vor mir Hemden, Handtücher und Bettbezüge ausbreiteten – Annas rein gewaschenes Leben. Als ich mich neben sie stellte, griff sie nach dem Spitzensaum eines Kopfkissenbezugs und bat mich zu fühlen, wie glatt er war – wie Kinderhaut. Ich betastete den Stoff, der sich so zart und dünn anfühlte, als zerfiele er gleich zwischen den Fingern. Anna erklärte, dies sei ihr ältester Bezug, seit ihrer Kindheit begleite er sie, solange sie zurückdenken könne. Er sei so weich, dass nichts ihre Träume störe. Anna konnte sich nicht vorstellen, wie der Stoff all diese Jahre überstanden hatte – so vieles war zerfallen, vergangen, verloren. Sie könne es sich nur so erklären, dass der Mensch mit dem Alter leichter werde: Nachts fange der Kopf an zu schweben und berühre das Kissen kaum.

Ihre Theorie gefiel mir. Ich stellte mir schwebende alte Menschen vor, die sich langsam von ihren Betten lösten und mit dem Wind in den Himmel segelten. Vielleicht hing auch der Tod nur mit den Fenstern zusammen, die in windigen Nächten offen standen.

Kurz darauf spazierten wir an den Ort, an dem Henri Ruzicka gewohnt hatte. Anna hatte von 1939, nach dem Abschluss ihrer pädagogischen Ausbildung in Dresden, bis zu ihrem Ruhestand durchgehend an der Schule in Pirna unterrichtet; ausgenommen das letzte Kriegsjahr, in dem der Unterricht ausgesetzt wurde und sie in einer Tuchfabrik am Rande Dresdens arbeitete. Gleich nach dem Krieg hatte die Schule ihre Tore wieder geöffnet, und sie durfte ihre Anstellung wiederaufnehmen. Es war trotzdem ein ziemlich trauriger Tag, erinnerte sich Anna, denn nur ein Teil der

Schüler war zurückgekehrt. Aus einer Klasse mit dreißig Kindern machten nur noch einundzwanzig weiter. Wohin die anderen verloren gegangen waren, fand sie nie heraus. Ganze Familien hatten die Stadt verlassen, waren geflohen oder vernichtet worden. Und mindestens drei Schüler waren beim Bombenangriff im Februar umgekommen. Unter ihnen auch der flachsköpfige Mathias Kirche, der als Letzter der Klasse Lesen gelernt hatte, kurz bevor die Schule geschlossen wurde. Anna meinte, sie würde nie das Gesicht des Jungen vergessen, als er zum ersten Mal vorlas. Mathias begriff gar nicht, was er tat. Erst als die anderen auf ihre Pulte trommelten, dämmerte es ihm. Mit jeder Zeile strahlte Mathias mehr, er las und las, immer lauter, während seine Mitschüler trampelten, und bald kam Annas Kollegin aus dem Klassenzimmer nebenan, um zu sehen, was hier Seltsames vor sich ging. Hinter ihr drängelten sich die Schüler der zweiten Klasse, schoben ihre Köpfe durch die Tür, und immer mehr Kinder feuerten den Jungen an. In der Schule hatte es nie wieder ein solches Getöse und Gejohle gegeben wie damals, als Mathias Kirche lesen lernte.

Anna schwieg, wir gingen langsam weiter. Ihre Schritte waren kurz, eine der Schuhsohlen schlurfte über den Boden, vom Wegrand wirbelten Staubwölkchen in die Luft. Die Sonne schien in Annas Gesicht – der Kummer hatte ihre Lippen schmal werden lassen.

Sie berichtete, dass Pirnas Schule im Herbst 1954 einen zusätzlichen Lehrer benötigt hatte und einen Mann namens Henri Ruzicka einstellte. Er hatte vorher in Leipzig Naturkunde unterrichtet, dort aber gekündigt. Es hatte irgendwelche Differenzen gegeben; worum es dabei ging, war Anna nie klar geworden. Weil der Schuldirektor im Urlaub war, wurde Anna beauftragt, Henri Ruzicka zu betreuen, als dieser Ende Juni in die Stadt kam. Henris Ankunft war ihr als eigenartiges Ereignis in Erinnerung geblieben: Sie hatte am Bahnhof auf den neuen Kollegen gewartet, und als er endlich mit dem Nachmittagszug eintraf, hatte er nur eine einzige Reisetasche dabei und keine Vorstellung davon, wo er unterkommen konnte. Er stand am Bahnhof wie vom Himmel gefallen, und Anna dachte, er habe nicht die geringste Ahnung, wo er gelandet war. Als sie ihn fragte, wo er die Nacht verbringen wolle, offenbarte ihr Henri, er leide unter einer hartnäckigen Hotelphobie, und er erkundigte sich, ob in Annas Küche eine kleine Bank oder ein Lehnstuhl frei wäre. Warum sie auf Henris Bitte einging, wusste sie nicht. Vielleicht hatte das verwirrte und geheimnisvolle Wesen dieses Mannes sie angezogen; vielleicht willigte sie auch nur ein, weil sie gerade alleine lebte und die nächtliche Beherbergung niemanden störte.

Als Anna am Tag darauf in die Küche kam, wo Henri die Nacht auf einem quietschenden Bett verbracht hatte, war er verschwunden. Immerhin stand seine Tasche noch ungeöffnet neben dem Lager, und die Schuhe hatte er ordentlich daneben gestellt – er konnte zumindest nicht weit sein. Durch das Fenster erblickte sie zwei nackte Fußsohlen, die aus dem Gras des Hinterhofs ragten. Anna eilte sofort hinaus, um zu sehen, ob ihr Gast noch am Leben war. Als sie sich ihm näherte, richtete Henri sich auf und legte als Gebot der Ruhe einen Finger auf den Mund. Sie schlich sich vorsichtig heran und sah einen Schmetterling, der langsam seine Flügel bewegte. Die herkömmlichen Falter konnte sie bestimmen, aber nicht diesen, den Henri so hingerissen taxierte. Eigentlich war das Tier ziemlich unscheinbar, fand Anna. Aber Henris andächtigem Ausdruck nach zu urteilen musste es etwas ganz Besonderes sein. Schließlich hatte das Insekt genug vom Rotklee und erhob sich in die Luft, kreiste eine Weile über ihnen, um dann höher zu steigen und hinter der Mauer zu verschwinden. Henri stand langsam auf, zupfte sich Grashalme von der Hose, wackelte mit den Zehen und murmelte den lateinischen Namen. Anna konnte sich an die Bezeichnung nicht mehr erinnern und hielt sie auch nicht für bedeutend. Wichtiger erschien ihr hingegen, gleich am ersten Tag erfahren zu haben, dass Henri Ruzicka nicht nur eine brennende Leidenschaft für Schmetterlinge hatte, sondern außerdem die Angewohnheit, urplötzlich zu verschwinden – und das unter den ungewöhnlichsten Umständen.

Henri fing im August in der Schule an und übernahm die Verantwortung für eine eigene Klasse. Anna fiel auf, wie schnell die Schüler ihren neuen Lehrer ins Herz schlossen. Er forderte einen natürlichen Respekt, und als seine Begeisterungsfähigkeit auch auf die Schüler abfärbte, war er schnell sehr beliebt. Zu Henris Beliebtheit trugen auch seine ungewöhnlichen Unterrichtsmethoden bei. Anna beobachtete oft aus ihrem Klassenfenster, wie ihr Kollege mit seinen Schülern über den Hof marschierte, mal hierhin, mal dorthin ging, etwa zur Ruine eines nahen Gutshauses, in deren zum Himmel hin offenen Räumen er seine Stunden abhielt. Auch für den Erdkundeunterricht hatte Henri sein eigenes Verfahren, das allerdings nicht so viel Tageslicht vertrug. Seine Schüler bastelten eine große Weltkarte, und Henri teilte sie zu Beginn der Stunde in Gruppen ein, die dann versuchen mussten, die Länder der anderen zu erobern. Es handelte sich dabei um einen Wissenswettstreit, bei dem es freilich auch zu Konflikten kommen konnte, die später in der Turnstunde ausgetragen wurden. Henri fungierte als Schiedsrichter. Er hatte sein System so abwechslungsreich und spannend aufgebaut, dass die Erdkundestunden für seine Klasse bald den Höhepunkt der Woche bildeten. Bei disziplinarischen Problemen sorgte allein die Drohung, die Erdkundestunde zu streichen, für Ruhe. Zu der Zeit war die Weltherrschaft allerdings kein beliebtes Thema, bemerkte Anna. Deshalb hängte Henri seine unkonventionelle Methode nicht an die große Glocke.

Anna erinnerte sich auch an einen winterlichen Tag, an dem sie etwas erledigen wollte, während Henri unterrichtete. Seine Tür stand ein wenig offen, und sie beobachtete ihn. Er schritt in seinem grauen Pullunder die Pultreihen ab, inspizierte die grinsenden Mienen seiner Schüler und erhob zwischendurch grimmig einen Finger. Ab und zu hielt er inne, um aus dem Fenster die alte Eiche oder die ausgestopfte Eule auf dem Regal zu fixieren; oder er trommelte gedankenverloren mit den Fingern auf das Katheder. In der Klasse war es mucksmäuschenstill, nicht einmal das Rascheln von Papier war zu hören. Als Anna ihn später fragte, was sie da nur getrieben hätten, erklärte Henri, er habe einen Schweigewettbewerb veranstaltet und dem Gewinner eine gute Ausgangsposition in der nächsten Erdkundestunde in Aussicht gestellt. Gegen Ende des Wettbewerbs sei es in der Klasse aber alles andere als ruhig gewesen – als die ausdauerndsten Schüler versuchten, vor ihren kaspernden Kameraden Ruhe zu bewahren.

Wir waren eine halbe Stunde unterwegs, als Anna vor einem Gebäude stehen blieb: Hier hat er gewohnt, sagte sie. Vor uns erhob sich ein großes zweistöckiges

Haus, das allem Anschein nach verlassen war. Die Fenster waren zerschlagen, die Wände mit Parolen und Schimpfwörtern beschmiert, auf den Stufen lagen Glasscherben, die Steintreppe war moosbewachsen, das schöne Geländer zerbrochen. Im Garten stand das Metallgestell eines Stuhls, dessen Stoff schlaff und wehmütig im Wind hing. Anna erzählte, sie sei seit vielen Jahren nicht mehr hier gewesen, eigentlich seit Jahrzehnten. Als ich ihre Gestalt betrachtete, die sich gegen die Nachmittagssonne abhob, kam es mir so vor, als bewegte sie etwas. Sie sah plötzlich sehr niedergeschlagen aus, als kämen die Erinnerungen, von denen sie mir erzählt hatte, erst jetzt tatsächlich an die Oberfläche. Wir standen lange da und schauten auf das Haus. Ich spürte, wie die Jahre ihre Kreise um uns zogen, und ließ Anna Prinz Zeit, sich zu fassen und in Ruhe in die Gegenwart zurück zu finden.

Anna erzählte, Henri habe in dem Haus zur Miete gewohnt. Seine Zimmer lagen unter dem südlichen Giebel des Gebäudes. Im Sommer war es dort sehr heiß, aber es bot sich eine bezaubernde Aussicht auf die Wiese und den Fluss. Henri hatte ihr beschrieben, wie der Nebel morgens über das Wasser trieb, die Wiese überflutete und oft wie ein Meer durch sein Fenster stürzte. Das Haus gehörte damals einer Witwe, Maria von Bruckner, deren Besitztümer im Laufe der Jahre dahingeschmolzen waren. Die Ländereien des

Anwesens waren schon vor dem Krieg verkauft worden, sodass der Witwe schließlich nur noch das Haus blieb. Ihre Rücklagen reichten nicht einmal für die Instandhaltung. So nahm sie immer mehr Mieter auf, bis Maria von Bruckner selbst in einem einzigen, aber riesigen Zimmer wohnte. Henri hatte Anna erzählt, dass sie dort alle geerbten Stühle, Kommoden, Bücher, Tische, Spiegel, Diwane und Bilder verstaut hatte – sodass in dem Durcheinander kaum noch Platz zum Leben war. Um von einem Ende des Raums ans andere zu gelangen, blieb nur ein schmaler Gang in der Mitte. Henri habe das Haus natürlich wegen der Schmetterlinge gewählt, erklärte Anna. Ihm zufolge beherbergten die Wiesen am Fluss eine bemerkenswerte, vielfältige Schmetterlingsfauna. Und auch der Hof, ursprünglich ein englischer Garten, der seinen alten Glanz aber vor langer Zeit verloren hatte, lockte einen seltenen Artenreichtum an, den Henri sammelte und in allen Einzelheiten beschrieb.

Henri hatte seine Schmetterlingswanderungen auch auf das südliche Erzgebirge ausgedehnt, berichtete Anna. Früher wurde das Gebiet Meißener Oberland genannt, doch heute hieße es irreführend Sächsische Schweiz, obwohl die Schweiz natürlich ganz woanders läge. Jedenfalls, fuhr Anna fort, handele es sich hierbei um eine sehr schöne Gegend, die bis nach Nordböhmen reiche. Das Wasser habe in das Sandsteingebirge steile, abwechslungsreiche Schluchten, Säulen, Täler und Pforten gefurcht – phantastische Gebilde, die an prähistorische Landschaften erinnerten. Von oben reiche der Blick bis weit auf die tschechische Seite. Vielleicht hatte die Gegend es Henri deswegen so angetan – seine Großeltern stammten aus Ostrov, einem kleinen Dorf an der Eger. Von dort waren sie nach Deutschland gezogen, als Henris Vater fünf Jahre alt war. Vielleicht kehrte Henri weit in seine Vergangenheit zurück, wenn er auf den schroffen Gipfeln stand, und stellte sich vor, die Silhouette des Heimatdorfs seiner Großeltern in der Dämmerung ausmachen zu können. Ab und zu hatte Anna ihn auf seinen Reisen begleitet. Ihr gemeinsamer Lieblingsplatz sei eine Stelle gewesen, an der die Elbe in einer langen Kurve zwischen steilen Felswänden hindurch floss und dann in die Ferne mäanderte. Dort hätten sie oft gestanden und das Flussbett betrachtet, welches das Wasser in Tausenden von Jahren geformt hatte, und durch das träge flache Flusskähne glitten, die dünne Rauchfahnen in die Luft bliesen.

Auch wenn Henri nie aufhörte, Schmetterlinge zu beobachten, hatte Anna immer das Gefühl, dass diese im Erzgebirge nicht die Hauptsache, sondern vielmehr ein Vorwand waren. Er schien nach etwas anderem zu suchen. Anna erinnerte sich, wie sie lange Wanderschaften unternommen hatten, ohne ein Wort zu sagen. Auf diesen Wanderungen habe sie sich Henri gleichzeitig sehr nahe und doch unerklärlich weit von ihm entfernt gefühlt. Als ginge sie auf einen Menschen zu, dessen Bild trotz des geringer werdenden Abstandes mit jedem Schritt undeutlicher wurde. Ihr sei es so vorgekommen, als erwarte Henri, im Erzgebirge etwas Bestimmtes wiederzufinden, etwas, das er verloren hatte. Doch sein Gefühl führte ihn wieder und wieder in die Irre, und nach den Bergwanderungen überkam Henri häufig eine tiefe Müdigkeit, die nach Annas Auffassung eher psychischer als physischer Natur war.

Anna gestand, sie habe die Facetten von Henris Persönlichkeit nie zu einem Ganzen zusammenbringen können, sondern immer nur einzelne Scherben gesehen. Selbst wenn sich die Teile einmal aneinanderlegten, passten sie nicht zueinander – als stammten sie von zwei verschiedenen Spiegeln. Anfangs war Anna von Henris kindlicher Begeisterung für Schmetterlinge beeindruckt. Doch auch diese Faszination war von einer Traurigkeit durchdrungen, und später verstand sie, dass die Falter für Henri mehr Zwang als Leidenschaft waren. Ein seltener Fund war für ihn nicht immer eine Freude, sondern konnte ihn im Gegenteil sehr melancholisch stimmen. Dann verhielt er sich unerträglich geistesabwesend. Eines Tages ließ er sein Hefebrot an der Kasse liegen, und als die Verkäuferin ihm nachlief, konnte Henri sich nicht einmal erinnern, in dem Laden gewesen zu sein. Seiner Meinung nach wollte er nur die Feder einer Uhr austauschen. Wie eifrig die Verkäuferin sich auch bemühte, ihn von dem Brotkauf zu überzeugen – Henri wollte den Laib nicht an sich nehmen, sondern hielt starrsinnig an seiner verzerrten Erinnerung fest. Glücklicherweise dauerten solche Einbrüche meist nicht länger als ein paar Tage, und nach einigen Nächten Schlaf fand Henri mehr oder weniger zu seinem alten Selbst zurück. Mit den Jahren hatte Anna dennoch das Gefühl, jede melancholische Phase nehme ein kleines Stück des Freundes mit sich.

Am späten Nachmittag saß ich schließlich in Anna Prinz' Küche und musterte sie, wie sie mit dem Rücken zu mir am Herd stand und Lammeintopf bereitete, dessen schwerer Duft im Raum hing. Sie erzählte, das Rezept stamme von ihrer Großmutter, die sie nie kennengelernt hatte. Das zerlesene Rezeptbuch voller Eselsohren habe sie in einer großen Reisetruhe gefunden, und der Eintopf erwecke die schemenhafte Gestalt der Großmutter zum Leben. Anna umklammerte ihren Kochlöffel. Er zitterte leise wie ihre Hände, und ich fühlte, wie einsam sie war. Die Einsamkeit lag in jeder Bewegung, im Klappern des Löffels am Topfrand, im Windstoß, der die Gardinen mitnahm. Was für ein langer Weg lag zwischen dem jungen Mädchen, das sich auf dem Foto im Bett räkelte, und diesem zerbrechlichen, beinahe schon durchscheinenden Wesen vor mir.

An diesem Abend blieben wir lange auf. Anna sah überhaupt nicht müde aus, im Gegenteil: Ihre Augen strahlten. Der Abend senkte sich über den Garten, und Anna wollte mir eine Geschichte erzählen, die Henri ihr an einem Wochenende anvertraut hatte, als sie zu zweit im Erzgebirge gewesen waren – in der kleinen Hütte, in der sie manchmal die Nacht verbrachten, wenn das Wetter plötzlich umschlug oder die Wanderung zu beschwerlich wurde.

Anna verschwand kurz im Nebenraum und kehrte mit einer kleinen blechernen Bonbondose zurück, auf deren Deckel eine weihnachtliche Szene geprägt war. In der Dose lag ein unsortierter Stoß alter Fotos und Postkarten, den sie eine Weile durchwühlte, bis sie eines der Bilder vor mir auf den Tisch legte. Es zeigte eine Frau und einen Mann, zwischen ihnen stand ein etwa zehnjähriger Junge. Das Bild war draußen im Garten aufgenommen worden, Licht erhellte die Gesichter. Der Junge lehnte sich leicht an seine Mutter. Er trug einen festlichen weißen Matrosenanzug, dessen Hosenbeine bis knapp unter die Knie reichten, die Waden bedeckten dunkle Kniestrümpfe. Am Revers glänzten sechs große Goldknöpfe. Auf die untere Kante der Fotografie hatte jemand mit Füllfeder *1920, Steinhau* geschrieben. Anna erklärte, dies seien Henri und seine Eltern im Sommerurlaub. Sein Vater, Michal Ruzicka, war Arzt, ein Allgemeinpraktiker mit erfolgreicher Praxis in Leipzig, spezialisiert auf Kardiologie. Seine Mutter hieß mit Mädchennamen Anette Braun. Sie war gebürtig aus Wien und wollte Schauspielerin werden. Soviel Henri wusste, war sie mit sechzehn von zu Hause weggelaufen, nach Deutschland geflohen und hatte sich einer Schaustellertruppe angeschlossen. Auf der Feier nach einer Leipziger Theateraufführung im Jahre 1909 lernte sie Michal Ruzicka kennen. Wenige Monate nach ihrer ersten Begegnung war Anette Braun mit Henri schwanger, und die beiden heirateten.

Anna hielt das Bild nachdenklich in den Händen. Nachdem sie diese puppenhafte Aufstellung gesehen hatte – Henri im reinen, weißen Matrosenanzug, Michals und Anettes ernste Mienen –, hatte sie immer öfter den kleinen Jungen in Henris Gesicht entdeckt. Vor allem in seinen melancholischen Momenten. In der Nacht im Erzgebirge gab Henri zu, sich an seine Kindheit kaum zu erinnern. Nur eine Erinnerung beschäftige ihn seit Jahren immer wieder. Er träume nachts davon, und auch tagsüber ertappe er sich oft dabei, der Szene nachzuhängen. Dennoch sei er sich nicht sicher, ob es sich überhaupt so zugetragen habe, ob es nicht einfach ein ungewöhnlich lebhaftes Traumbild war, eine Illusion fern der Wirklichkeit.

Doch Henri wollte daran glauben, denn für ihn barg diese Erinnerung seine ganze Kindheit – als gebe es sonst nur das Vergessen.

Henri erzählte Anna von einer Wanderung mit seinen Eltern. Er erinnerte sich an einen Fluss, in dem sie schwammen, und einen Baum, in dessen Schutz sie Rast machten. Er wusste noch, wie er seinen Kopf in den Rockfalten seiner Mutter vergraben und in den Himmel hinauf geschaut hatte, als aus der Baumkrone ein großer weißer Schmetterling auftauchte. Ein ungewöhnliches Tier, fremdartig und fesselnd. Henri konnte sich nicht entsinnen, je etwas so Schönes gesehen zu haben. Der Schmetterling schwebte über ihnen, und einen Moment sah es so aus, als entfernte er sich, bis er plötzlich umkehrte, herunterflatterte und auf dem Ärmel seiner Mutter landete. Dort blieb er sitzen, breitete seine Flügel aus, wie gelähmt von der Sonne. Sie alle bewunderten ihn. Dann neigte Henri sich näher, krümmte die Finger und barg den Falter in seinen Händen. Er setzte ihn in ein kleines Glas und nahm ihn mit nach Hause. Henri erinnerte sich vage, wie sein Vater am nächsten Tag mit ihm zusammen einen alten Kriegskameraden besuchte, einen Schmetterlingssammler, der in der Nähe ihrer Hütte lebte. Er hatte noch die große Bibliothek vor Augen und die Gestalt eines Mannes, der sich über einen Schreibtisch beugte, seinen ungläubigen Ausdruck, als er Henris Schmetterling sah. Mehr wusste er nicht. Aber er war sich sicher, dass der Freund des Vaters das Tier behalten und in seine eigene Sammlung eingefügt hatte.

Als Henri von diesem träumerischen Tag erzählte, schien es Anna, als zeige sich eine verlorene Welt zum letzten Mal, bevor sie auf dem brennenden Kontinent endgültig unterging. Doch der wahre Grund für diesen Eindruck war wahrscheinlich der, dass Henris Mutter verschwand, als der Junge zehn Jahre alt war, und er sie danach nie wieder sah. Henri fand nie heraus, was zwischen seinen Eltern vorgefallen war. Allen späteren Bemühungen zum Trotz wollte sein Vater nicht darüber reden. Stattdessen vergrub er sich mit den Jahren immer mehr in seine Arbeit – bis sein zunehmend verschrobenes Auftreten die Patienten vertrieb.

Offensichtlich, schloss Anna, hatte die Mutter die beiden einfach verlassen und ihr Leben anderswo weitergeführt – aber wo und wie, hatte Henri nie erfahren. Er konnte sich nicht entsinnen, je irgendetwas erhalten zu haben. Keine Nachricht, kein Brief, nichts. Am Ende war Henri sich nicht mehr sicher, ob das Verschwinden seiner Mutter in denselben Sommer fiel wie seine Erinnerung an den Schmetterling oder ob die Ereignisse später in seinem Gedächtnis verschmolzen und er sich zum Andenken eine Szenerie gebastelt hatte, in die er gedanklich zurückkehren konnte – ein Bild vom Glück, das sie für einen Moment besucht hatte. Für Henri gab es nur eine Möglichkeit herauszufinden, ob die Erinnerung an den Schmetterling wahr war: Er musste den alten Kriegskameraden seines Vaters ausfindig machen, den Schmetterling sehen und zurückverlangen, was ihm einst genommen wurde.

Ich hörte Anna zu und betrachtete das Bild, auf dem Henri sich leicht an seine Mutter lehnte; Anettes Gesicht, das nichts verriet. Ich war mir nicht sicher, wie viel von Annas Geschichte wirklich Henri erzählt hatte, was ihrer eigenen Phantasie entsprang und was sich mit Märchen aus der Kindheit mischte. Aber was war überhaupt wirklich? War die Wirklichkeit der Moment jener vergangenen Geschehnisse, oder lag sie hier, im Heute, in Anna Prinz' Versuch, sich an einen vergessenen Tag vor siebzig Jahren zu erinnern, der ihr in einer windigen Nacht beschrieben worden war. Entstand die Wirklichkeit für Henri in dem Augenblick, in dem er den Schmetterling fing? Oder erst später, als die Dinge begannen, in seiner Erinnerung und seinen Träumen nach Gestalt und Erklärung zu suchen. Oder entstand die Wirklichkeit erst jetzt, da ich diese Worte schrieb? Vielleicht war sie auch ein Mosaik aus allem Gesehenen und Gehörten, etwas, das sich unaufhörlich wandelte, ewig floss, jeden Tag eine neue Form annahm. Während ich darüber nachdachte, erhob sich Anna. Es war dunkel, fast zehn Uhr. Sie stand am Fenster, ihr Gesicht spiegelte sich in der Scheibe, aber genau wie Henri Ruzickas Bild war auch das ihre nicht aus einem Guss – das Licht brach es in Stücke, die sich langsam aufeinander zu bewegten und wieder voneinander entfernten. Und als ich in die Scheibe schaute, vor der sie stand, schien nichts dahinter zu sein: nur Dunkelheit und leerer Raum.

10

In dieser Nacht lag ich lange wach, wälzte mich rastlos zwischen Traum und Wirklichkeit. Ich hörte das Echo von Annas Stimme, Laute, die leiser und leiser wurden, das Pfeifen des Teekessels, das Rascheln der Zweige. Als ich erwachte, hellte sich im Fenster die Nacht auf, Licht sickerte sacht herein. Auf dem Tisch lag das Holzkästchen, darin der blutige Stoff. Ich sah die Laken an der Leine hängen, spürte ihr Gewicht – sie wehten im Nachtwind, ihr weißer Schimmer lockte Falter an, Spinner und Schwärmer. Die Schatten der Schmetterlinge tanzten auf dem Tuch, ich nahm das Zittern der Fühler und das lautlose Schlagen ihrer Flügel wahr, wie sie die Luft zerteilten, und befand mich in einem fremden Land, tief in der Vergangenheit und gleichzeitig im nächsten Tag, der hinter der Dunkelheit heranbrach. Und noch am Morgen, als ich schon ganz wach war, kam es mir vor, als fehlte ein Stück, als versuchte Anna mir etwas mitzuteilen, das sie selbst nicht verstand, Dinge, die ihr jahrelang nahe und doch verborgen geblieben waren.

Es begann zu regnen, und ich wartete besseres Wetter ab. Ich verbrachte den Vormittag in meinem Hotelzimmer und las Henri Ruzickas Reisetagebuch. Am vierundzwanzigsten August 1963 war er in Gardone am Westufer des Gardasees gewesen und hatte im Hotel Monte Baldo gewohnt. Er schrieb: *Heute Regen. Ein Himmel wie aus nassem Leinen. Vor dem Hotel eine Katze. Versteckt sich in der Fensternische. Gestern am Südhang des Monte Carzen: schöner Parnassius mnemosyne, Höhe: 1500 Meter über dem Meeresspiegel. Sechs Exemplare Erebia ottomana, drei Hamearis lucina, Anm. August. Weitere Beobachtungen: sechs Papilio machaon, zweite Generation des Sommers, ein Melitaea aurelia, außerdem podalirius, brassicae, rapae, mannii, icarus, malvae, briseis (Weibchen). Im Hotelgarten A. iris, bei dessen Anblick einige Gäste den Atem anhielten. In fünf Tagen insgesamt 53 Arten. Muss noch ein, zwei Tage bleiben, wenigstens für den Phoebus. Rast in vierhundert Metern, abends Rückkehr ins Hotel, wieder dieselbe Katze. Auffrischender Wind, Voraussage für morgen: klares Wetter.*

Ich blätterte einige Seiten vor und versuchte herauszufinden, ob Henri seinen Phoebus aufgespürt hatte. Doch er erwähnte den Schmetterling gar nicht mehr, und so ließ ich das Buch auf die Brust sinken. Es hob und senkte sich im Takt meines Atems. Draußen hatte der Regen nachgelassen. Ich zog die alte Heiratsurkunde zwischen den Seiten hervor. Anette Braun hatte 1924 in Helsinki einen gewissen Johannes Berg geheiratet – etwa vier Jahre nachdem sie aus Henris Leben verschwunden war. Ich starrte auf das Stück Papier in meinen Händen und spürte, wie kühle, regendurchfeuchtete Luft durch das Fenster ins Zimmer wehte und der Wind die Seiten des Tagebuchs langsam auffächerte.

Gegen vier Uhr nachmittags saß ich in Anna Prinz' Küche, aber im Gegensatz zum Tag davor war sie schweigsam, sagte kaum ein Wort. Vielleicht bedrückte sie etwas, das sie gesagt oder woran sie sich erinnert hatte, oder sie war einfach müde. Ich bot ihr an, am nächsten Tag wiederzukommen, der Regen habe auch mich traurig gestimmt. Doch sie schüttelte den Kopf und bat mich zu bleiben. Sie drängte mich, die Tomatensoße zu probieren, die sie im letzten Sommer eingekocht hatte. Es seien noch ein paar Gläser übrig, und jetzt schmecke sie am besten. Wer sich einen Winter und noch den Sommer über geduldete, für den entfaltete die Ernte ihr wahres Aroma.

Anna öffnete das Glas, und der starke Duft von Tomaten breitete sich in der Küche aus. Sie gab etwas Soße auf ein Stück Brot, verstrich sie sorgfältig und reichte es mir. Dann stellte sie das Radio leiser und setzte sich erwartungsvoll neben mich. Ich kostete, schmeckte Tomate und Pfeffer. Nach einer Weile versicherte ich ihr, mich nicht entsinnen zu können, je eine so gute Tomatensoße probiert zu haben. Anna lächelte und meinte, das sagten alle. Als ich mich nach dem Geheimnis ihrer Zubereitung erkundigte, lachte sie. Das Geheimnis ihrer Tomatensoße sei die Erinnerung. Mir war nicht ganz klar, was sie damit meinte, also erklärte sie es mir: Wenn man sein ganzes Leben lang Tomaten züchte, gebe man an jede Tomate das Gedächtnis früherer Ernten weiter. Im gusseisernen Kessel stecke die Erinnerung an den letzten Herbst und in jedem Tomatenglas alles Vergangene und Gegenwärtige. Ich blickte sie belustigt an und sagte, in meinem Leben schon allerlei Philosophien kennengelernt zu haben, aber von einer Tomatenphilosophie hörte ich zum ersten Mal.

Es hatte wieder zu regnen begonnen. Das Geräusch des Regens drang ins Zimmer, Wasser rauschte die Scheiben hinunter. Ich studierte den Riss, der vom Boden bis zur Decke durch die Mauer lief, und überlegte, welche Geheimnisse er wohl barg. Das Haus lag in tiefem Schlaf, sogar im ersten Stock schwieg das Radio. Anna hatte mir von Henri erzählt, von ihrer Schwester Ingrid und davon, was ihren Vater gebrochen hatte. Nur sie selbst blieb unerreichbar. Was ging in ihrem Kopf vor? Wer war sie eigentlich?

Aber anstatt über sich selbst zu sprechen, fragte sie nach meinem Leben. So eröffnete ich ihr, dass ich zwar verheiratet war, momentan aber alleine lebte. Meine Frau und ich hätten einander schon lange nicht mehr gesehen, sie sei Weihnachten zu einer beruflichen Reise aufgebrochen und käme erst im Herbst zurück. Ich erzählte Anna, dass meine Frau Eeva hieß und als Restaurateurin in einem Kunstmuseum arbeitete, dass ich in der baugeschichtlichen Abteilung der Museumsbehörde angestellt war und wir uns über einen Arbeitsauftrag kennengelernt hatten. Mittlerweile kannten wir uns seit sieben Jahren und waren fünf Jahre verheiratet. Unser Hochzeitstag war der neunzehnte September, damals war es ein Samstag, der Sommer hatte sich bis weit in den Herbst hinein ausgedehnt, und wir waren nach der Hochzeit in den Pihlajaweg in Helsinki gezogen – in eine sechsundvierzig Quadratmeter große Zweizimmerwohnung. Unser erstes gemeinsames Auto war ein grüner Saab, die erste Reise ging nach Kopenhagen, mein erstes Geschenk für sie war eine blühende Gardenie, deren wunderbarer Duft noch Wochen nach der Blüte in unseren Räumen hing. Wo immer mir dieser Duft begegnete, erinnerte er mich an jenen Tag, an den kleinen Blumenladen, dessen Verkäuferin mir versichert hatte, wer eine Gardenie kaufe, dem bleibe sie ein Leben lang treu.

Anna fragte mich nach einem Bild von meiner Frau, und etwas beschämt gab ich zu, tatsächlich ein Foto in meiner Brieftasche zu haben. Ich kramte es heraus, und sie betrachtete es lange, drehte es zwischen den Fingern, während ich erklärte, die Aufnahme sei vor zwei Jahren auf einer Romreise bei einem Besuch der Hadriansvilla entstanden. An diesem Abend hatten wir in der Dämmerung am Ufer des Kanals gesessen und in das reglose Wasser geschaut, in dem sich die Karyatiden spiegelten. Ich erinnerte mich an die unerklärliche Ruhe, die ich damals empfand, die, wie ich dachte, mit dem Erleben geschichtlicher Ewigkeit und meiner eigenen Vergänglichkeit zusammenhängen musste. Dieses Gefühl von Ruhe überkam mich oft inmitten alter Gegenstände. Vielleicht hatte ich gerade deshalb einen Beruf gewählt, in dem mich eher die Vergangenheit als die Zukunft umgab.

Anna legte das Bild auf den Tisch und wollte wissen, warum meine Frau gefahren sei. Ich erläuterte ihr, was für eine einzigartige Gelegenheit dies für Eevas Karriere war, die sich kaum wiederholen würde, und wie dumm es gewesen wäre, das zu verpassen. Als Anna nicht antwortete, erklärte ich nach einer Weile, ein weiterer Grund für die Reise sei möglicherweise der, dass nicht mehr alles in Ordnung sei. Ich konnte nicht sagen, was geschehen war. Eeva behauptete, sie habe mich verloren. Vielleicht sei es aber auch so, dass ihr Leben anderswo stattfand und ich ein Irrtum war, ein Nebengleis, auf das sie sich über einige seltsame Zufälle verirrt hatte. Möglicherweise gab es diese Gründe auch schon an dem Tag, an dem ich ihr die blühende Gardenie schenkte, aber ihr Duft betäubte sie für eine Weile. Oder es lag einfach an der Zeit, Eeva wusste es nicht.

Anna stand auf und machte mir noch ein Brot. Vielleicht sei es wirklich eine Frage der Zeit, bestimmt sogar. Aber an seltsame Zufälle glaube sie nicht, eher schon an solche, die sich selbst schrieben, oder daran, dass etwas zu einer bestimmten Zeit wahrscheinlich wird. Und wenn man davon überzeugt war, meinte Anna, sei es möglich, Zufälle zu fördern, indem man die Wahrscheinlichkeit ihres Stattfindens steigerte, und dazu gebe es bekanntermaßen zahlreiche Mittel. Ich musterte Anna überrascht – sie drehte sich um, lächelte und reichte mir das Brot. Sie habe in der Schule Arithmetik unterrichtet. Arithmetik und Tomatenphilosophie.

Als wir am späten Nachmittag vergeblich auf eine Regenpause warteten, bemerkte Anna, dass ich sie an einen Jungen namens Thomas Lang erinnere. Sie habe ihn vor langer Zeit gekannt, und er habe auch Henri nahegestanden. Die Ähnlichkeit sei ihr gleich am ersten Tag aufgefallen, aber sie könne nicht genau sagen, worin sie bestand. Thomas war kleiner und hatte ein schmaleres Gesicht. Vielleicht waren es die Augen, der Eindruck von Aufmerksamkeit, der sich zumindest bei Thomas als falsch herausstellte.

Henri hatte in der Schule neben Naturkunde auch Musik unterrichtet, denn kurz nach seiner Ankunft erwies sich, dass er ein wenig Klavier und Harmonium spielte und in seinen besseren Momenten sogar ein paar Takte der Nocturnes von Chopin zustande brachte. Da die anderen Lehrer nicht gerade erpicht auf die Musikstunden waren, überließen sie ihm diese Aufgabe mit Vergnügen. An einem Tag im Winter stolperte Henri zerstreut und geistesabwesend ins Lehrerzimmer. Als Anna ihn fragte, was los sei, erzählte Henri, er habe am vorigen Abend das Musikzimmer abschließen wollen und dort einen zwölfjährigen Schüler namens Thomas Lang beim Klavierspielen überrascht. Er habe das Spiel schon im Flur gehört und hinter der Tür lauschend die klare, zarte Melodie von Beethovens erster Klaviersonate erkannt.

Als Henri den anderen Lehrern davon berichtete, konnte sich niemand erinnern, Thomas Lang je spielen gehört oder überhaupt eine musikalische Begabung an ihm bemerkt zu haben. Viele hatten Thomas auch sonst kaum Aufmerksamkeit geschenkt. Der Junge sei recht still gewesen – um den modernen Terminus zu gebrauchen, beinahe autistisch, meinte Anna. In ihrer Erinnerung war er ein schmächtiges, zerbrechliches Geschöpf, das nie aus eigenem Antrieb sprach und dessen Antworten im Unterricht oft brüllendes Gelächter auslösten. Thomas antwortete immer ins Blaue hinein, als sei er nicht wirklich anwesend, als lebte er in einer anderen Welt.

Später kam Anna ein Gerücht zu Ohren, dem zufolge ein Blitz Thomas getroffen hatte – im Gewitter von 1949, an das sich alle erinnerten, die damals im Ort lebten. Es war der wärmste Tag des Sommers, schon morgens lag die Gefahr in der Luft. Gegen Mittag verdunkelte sich der Himmel jäh, Wolken wälzten sich in schwarzgrauer Masse tief über das Land. Viele fürchteten tatsächlich, das Ende der Welt sei gekommen. Eltern holten ihre Kinder aus den Gärten, Bäume bogen sich im Sturm, das Gras wurde flach auf den Boden gedrückt. Vögel flogen in großen Schwärmen, bis der Himmel sich plötzlich auftat, die ersten Blitze in der Umgebung einschlugen und aus der unheimlichen Dunkelheit eine anhaltende Lichterflut wurde, die viele an die nächtliche Bombardierung Dresdens im Winter 1945 erinnerte. Anna vermutete, das Beängstigende dieses Gewitters läge in der Erinnerung an die Bombennacht, an die brennende Stadt, den Widerhall der Zerstörung, die nicht einmal enden wollte, als über ihren Köpfen schon Rauch und Asche hingen. Anna war sich nicht sicher, ob Thomas an jenem Tag wirklich von einem Blitz getroffen wurde oder ob diese Geschichte unter den üblichen Aberglauben fiel, den Menschen für scheinbar unerklärliche Dinge parat hatten.

Henri nahm Thomas Lang in seine Obhut und besorgte ihm auf eigene Kosten einen Musiklehrer in Dresden. Er organisierte auch ein Klavier, auf dem der Junge nach der Schule spielte. Anna besuchte Henri in dieser Zeit oft und hörte das Klavierspiel schon unten auf der Straße. Wenn sie durch die Tür hereinkam, saß Thomas im Wohnzimmer am Instrument, und Henri beschäftigte sich in einem anderen Zimmer mit seinen Schmetterlingen. Wenn sie die beiden so sah, kam es Anna vor, als habe jeder für einen Moment seinen Platz in der Welt gefunden. Thomas war bei diesen Besuchen genauso still wie in der Schule. Anna erinnerte sich nicht, je mehr als ein paar Worte mit ihm gewechselt zu haben. Wahrscheinlich redete er auch mit Henri nicht viel. Den aber schien die Schweigsamkeit seines Schülers nicht zu stören – anders als viele andere, die seine Stummheit beinahe als Beleidigung auffassten. Zwischen den beiden musste ein wortloses Vertrauen herrschen. Als Henri später überraschend sein Lehreramt aufgab und die Stadt verließ, erschien Thomas einen ganzen Monat lang nicht in der Schule. Wenn sie Henri etwas schwer verzeihen könne, sagte Anna, dann den Verrat an dem Jungen. Dieser Vertrauensbruch habe sie damals geradezu vor den Kopf gestoßen; sie könne es immer noch nicht begreifen.

Anna unterbrach ihre Erzählung. Sie wirkte plötzlich aufgewühlt, ihre Augen füllten sich mit Tränen. Der Regen hatte wieder eingesetzt, ein pausenloser Strom ging draußen nieder. Annas Löffel klirrte in der Teetasse. Das Fenster stand einen Spaltbreit offen, kühle Luft wehte herein und mit ihr einzelne Tropfen und der Geruch von Regen. Die Lampe über dem Tisch schaukelte sacht. Annas Stuhl knarrte, und sie ergriff meine Hand, drückte sie fest, als wolle sie nie mehr loslassen, als sei ich der letzte Mensch auf Erden. Vielleicht war ich auch das letzte Glied einer Kette, die an jenem sommerlichen Tag ihren Anfang nahm, an dem Henri Ruzicka mit dem Zug in Pirnas Bahnhof einfuhr und verloren mit seiner einzigen Reisetasche am Gleis stand.

Als ich fragte, was aus Thomas Lang geworden war, ließ Anna meine Hand los und erzählte, Thomas habe mit dreizehn Jahren sein erstes Konzert gegeben, und mit fünfzehn sei er an der Dresdener Musikhochschule aufgenommen worden. Doch die Schweigsamkeit und seine beinahe surreale Angst vor Menschen vergingen mit dem Alter nicht, sondern nahmen eher zu. So blieben seine Möglichkeiten trotz aller Begabung ungenutzt. Anna war sich bereits sicher, dass Thomas außerstande war, ein ganz normales Leben zu führen, denn abgesehen von der Musik hatte er nichts. Mit einer erstaunlichen Portion Glück wurde er jedoch dem Musikredakteur des Deutschen Demokratischen Rundfunks vorgestellt, und so wechselte Thomas mit neunzehn Jahren zum Radio. Dort konnte er ganz für sich spielen, höchstens in Gegenwart des Aufnahmeleiters. Anna hörte viele Jahre lang morgens seine Klavierstücke, die von Jahr zu Jahr zerbrechlicher klangen. Wenn sie an Thomas dachte, sah sie den jungen Mann über den Flügel gebeugt wie damals bei Henri, in seinem einzig möglichen Glück.

An einem Montagmorgen schaltete Anna in alter Gewohnheit das Radio an, doch Thomas' Sendung war abgesetzt worden. Stattdessen spielten sie Musik von Schallplatten. Erst eine Woche später erfuhr Anna, dass Thomas am vorvergangenen Sonntag in der Nähe von Leipzig bei einem Autounfall gestorben war. An dem Tag hatte es geregnet, das Wetter war ungewöhnlich schlecht gewesen. Er kam mit seinem Wagen von der Straße ab, Augenzeugen gab es nicht. Niemand wusste, wohin er wollte. Anna musste in den folgenden Jahren häufig an dieses Ereignis denken. Sie erinnerte sich, im Nachhinein gedacht zu haben, dass sie irgendwie schon lange auf diese Nachricht gewartet hatte, so traurig das auch klang. Etwas in ihm habe nie in diese Welt gepasst – als habe Thomas Lang schon seit frühester Kindheit mit einem Bein draußen gestanden, als sei er nur lose mit dem Leben verbunden gewesen.

Bevor ich ging, holte ich die kleine Holzschachtel mit dem blutbefleckten weißen Stoff hervor. Ich breitete ihn auf dem Tisch aus und erklärte, dass ich die Dose in Henri Ruzickas Haus gefunden hatte. Ich könne mir nicht vorstellen, warum jemand ein blutiges Stück Tuch aufhob, wenn es keine besondere Bedeutung hatte. Gehörte es vielleicht Thomas Lang? Anna nahm den Stoff, hielt ihn gegen das Fenster, wendete ihn und schüttelte den Kopf. Da könne sie mir nicht helfen, sie habe den Stoff noch nie gesehen, und in ihren Röcken fehle auch kein Stück. Sie gab mir den Fetzen zurück, und ich legte ihn wieder in seine Schachtel.

Wir verabschiedeten uns. Am nächsten Tag wollte ich noch einmal vorbeikommen, dann aber weiterreisen. Als ich das Haus verließ, hatte Anna ihre Tränen getrocknet, wirkte gefasst und erschöpft. Ich trat hinaus in das Treppenhaus und in den Garten, in dem der Regen auf die Steinplatten trommelte und die Zweige der Büsche schwer herunterhingen. Auf der Straße stieß ich beinahe mit einem Jungen in Lederjacke und einem Mädchen zusammen. Sie standen umschlungen im Regen, versunken in einen durstigen Zungenkuss. Erschrocken fuhren sie auseinander, und das Mädchen, Elke oder Silke, hastete mit nassen Haaren an mir vorbei und verschwand im Haus. Ihr Gesicht konnte ich nicht mehr sehen, aber der junge Kerl baute sich vor mir auf und musterte mich mit verwirrtem Trotz und kampflustigem Blick. Dann verschwand auch er im Laufschritt in der Dunkelheit.

11

Ich hatte mich entschlossen, Henri Ruzickas Spuren bis zum Gardasee zu folgen, vielleicht noch bis nach Kreta – wenn ich mir auch kaum vorstellen konnte, dass die Reise neues Licht auf die Fragen werfen würde, die mir im Kopf herumgingen. Seit einigen Tagen zweifelte ich daran, dass es zwischen Henri und mir überhaupt eine Verbindung gab. Wahrscheinlich war diese Erbschaft nur die verschrobene Laune eines sterbenden Mannes. Henri Ruzickas Leben war für mich genauso wenig greifbar wie das von Anna Prinz. Und wenn Anna sprach, kam es mir oft so vor, als liefe sie neben ihren eigenen Erzählungen her, flüchte sich in die Schicksale anderer. Mir war auch immer noch nicht klar, was zwischen ihr und Henri vorgefallen war.

Am nächsten Morgen saßen wir wie am ersten Tag in Annas Garten, und sie erkundigte sich nach meinen Plänen. Ich eröffnete ihr, dass ich die Reise fortsetzen würde, etwas anderes fiele mir auch nicht ein. Möglicherweise würde ich auf jemanden stoßen, der mir mehr erzählen konnte – wenn ich auch nicht wirklich daran glaubte. Doch es könne ja nicht schaden, noch ein wenig weiterzuforschen. Außerdem habe ich schon immer an den Gardasee fahren wollen, um zu testen, ob das Wasser tatsächlich so kalt war, wie immer behauptet wurde. Anna gestand, zur Temperatur des Wassers könne sie nichts sagen, sie sei noch nie dort gewesen. Überhaupt sei sie schon lange nicht mehr verreist, außer vor Jahren mit ein paar Freunden ans Schwarze Meer. Dort verbrachten sie eine Woche nördlich von Burgas, auf dem Campingplatz eines Ferienortes namens Sonnenstrand. Abends saßen sie auf ihren Klappstühlen und beobachteten die Tanker, die langsam über die ruhige See fuhren, durch den Bosporus, bis zur Krim, nach Odessa oder Sewastopol. Sie erinnerte sich an die Fliegen, die an die Windschutzscheibe ihres Autos prallten, das Reiseradio, in dem das Lied *Ich trage Erde in mir* lief, die damals noch hoffnungsvollen Gespräche der Menschen. Wenn sie es sich genau überlege, habe sie in ihrem Leben nur dieses eine Mal das Meer gesehen. Henri dagegen wollte immer ans Wasser. Anna erinnerte sich, wie sie einmal weit oben im Erzgebirge standen und Henri sich fragte, ob in der Ferne der Ozean zu sehen sei. Denn ab und zu schmolzen die Wolken am Himmel und der

Dunst am Horizont so zusammen, dass es tatsächlich wirkte, als stünden sie über einem Gewässer, dessen Strudel sich auf sie zu bewegten. Berggipfel wurden zu nebelverhangenen Inseln, die mit ihren schroffkantigen Zacken aus den Wellen ragten. Nach dieser Schilderung blieb Anna lange still. Sie befingerte ihr Taschentuch, faltete es zusammen und wieder auseinander, mehrere Minuten lang. Während ich ihr dabei zusah, wurde mir klar, dass sie nie aufgehört hatte, Henri Ruzicka zu lieben. Es brannte in ihrem Herzen, als sei alles erst gestern gewesen. Sie hatte überhaupt nichts vergessen, erinnerte sich im Gegenteil an jedes Wort, erwachte jeden Morgen mit demselben Schmerz.

Anna erzählte, dass Henri 1959 zum ersten Mal von Flucht gesprochen hatte. Zunächst achtete sie nicht weiter darauf, denn diese Bemerkungen fielen vereinzelt und vage. Aber allmählich versank der Mann immer mehr in seinen Gedanken, die melancholischen Phasen wurden länger. Manchmal starrte er auf die Schmetterlinge, die in höheren Sphären schwebten, und erklärte, sie seien Wanderer. Sie verbrächten ihre Winter in Nordafrika und nähmen im Sommer Kurs auf Skandinavien, wo es mehr Platz und Nahrung gebe. Henri behauptete, die Tiere orientierten sich mithilfe eines inneren Magneten, und wenn er und Anna nur höher hinauf könnten, würden sie Tausende

Schmetterlinge, Vögel und Insekten sehen, die in großen Schwärmen durch den Himmel schossen, unerreichbar für das Menschenauge, auf dem Weg in irgendeinen Winkel der Welt.

Anna hatte auch deswegen nicht an Henris Abreise geglaubt, weil sie diese Möglichkeit nicht wahrhaben wollte. An dem verregneten Abend, an dem Henri zum ersten Mal frierend vor ihrem Fenster stand, nahm Anna ihn an ihre Seite und wurde für vieles blind. Schon lange hatte sie kein Mann mehr berührt, sagte Anna. Denn als sie mit zweiundzwanzig Jahren erfuhr, dass sie niemals Kinder haben würde, hatte sie die Hoffnung aufgegeben, ein Leben wie alle anderen zu führen. Wahrscheinlich ließ Henri sie für eine Weile wieder davon träumen, dass ein solches Leben auch für sie möglich war; dass sie mit ihm zusammen ein intakter, vollständiger Mensch sein konnte.

Anna saß neben mir; Wind war aufgekommen. Die Tomatenpflanzen schwankten, streckten sich in den Himmel, und ich hatte den Eindruck, sie waren in den paar Tagen meines Besuchs ein ganzes Stück gewachsen. Unter uns schaukelte die Erde, der Garten, die ganze Welt wankte, Wind pfiff durch die Mauern, streifte die Zweige der Bäume, fuhr Flussbetten entlang, durch Täler, Ebenen, blies in Kellerfenster hinein, wand sich um Bettpfosten und Gliedmaßen, überall derselbe Strom, Weltenwind, Atem. Er beugte

Menschen, erschwerte Schritte. Töpfe schepperten im Schrank, Teller klapperten, Brückenpfeiler knarrten, Worte verwehten im Wind, verfehlten ihr Ziel, verirrten sich, trieben in falsche Räume und Zeiten.

Am sechsten November 1960 wollte Anna Henri besuchen. Sie klopfte an, aber es kam keine Antwort. Seine Tür stand offen, doch niemand war in den Zimmern. Henris Sachen standen zum größten Teil an ihrem Platz, und Anna begriff nicht sofort, dass ihr Freund fort war – bis ihr zuerst eine Sache auffiel, dann eine weitere. An der Wand fehlte ein kleines Bild, das er mochte. Die Schmetterlingssammlung befand sich im Arbeitszimmer, doch als Anna die Schranktür öffnete, vermisste sie einen der Kästen. Henris Lieblingsbücher waren verschwunden, das Geschirr gespült, das Bett gemacht, die Kleider hingen säuberlich an der Garderobe. Sie suchte nach einem Brief, einer Nachricht, irgendetwas. Sie durchwühlte die Schubladen, die Betten, zog Teppiche zur Seite. Suchte weiter, wenn sie auch gleichzeitig wusste, wie vergeblich alles war, denn Menschen, die in dieser Zeit verschwanden, hinterließen keine Spuren.

Anna erinnerte sich, wie das Entsetzen in ihr wuchs. Erst in diesem Moment wurde ihr bewusst, was Henri ihr hatte sagen wollen. Trotzdem konnte sie nicht begreifen, dass er tatsächlich gegangen war. Auch wenn sie im Nachhinein meinte, schon oft gedacht zu haben, dass Henris Verschwinden genau so sein würde: plötzlich, ohne Abschied. Was danach geschah, konnte Anna sich bis heute nicht verzeihen. Allein in seiner Wohnung fühlte sie sich so leer und zerschmettert, dass sie geradewegs ins örtliche Polizeirevier marschierte und einen Lehrer namens Henri Ruzicka anzeigte, der ihres Wissens versuchte, aus dem Land zu fliehen. Sie entsann sich an ihre benebelten Schritte durch die Stadt zur Polizeistation, das Geräusch des Türsummers, das sie noch immer in ihren Träumen verfolgte. Sie sah das rostige Metallgeländer, das sich kalt anfühlte, die Wendeltreppe in den zweiten Stock, die an einer Tür endete. Auch wenn sie wusste, dass ihre Denunziation Henri endgültig von ihr stieß, zögerte sie nicht einen Augenblick, es zu tun.

Anna schwieg. Ich wusste nicht, was ich sagen sollte – Worte würden ihr kaum helfen, wenn schon die Zeit ihren Schmerz nicht hatte lindern können. Ich dachte an all das, was sie in sich verschlossen hatte, und einen Moment lang bereute ich meinen Besuch bei ihr. Als wir so nebeneinander saßen, fiel mir der Brief ein, den ich die ganze Reise schon mit mir herumtrug. Ich hatte ihn zwischen den anderen Briefen in Henris Haus gefunden, aber anders als die übrigen stammte er nicht von Anna Prinz, sondern war an sie adressiert. Aus irgendeinem Grund hatte Henri ihn nicht abgeschickt, wahrscheinlich lag er schon jahrelang in der Schreibtischschublade. Ich zog den Umschlag aus der Tasche, war mir nicht sicher, ob ein Brief etwas ändern würde. Ich reichte ihn Anna und entschuldigte mich, ihn ihr nicht früher gegeben zu haben. Sie nahm ihn entgegen, drehte und wendete ihn und legte ihn dann neben sich auf die Bank. Der Umschlag leuchtete weiß in der Sonne. Als ich sie fragte, ob sie ihn nicht lesen wolle, erwiderte sie, sie sei sich nicht sicher, vielleicht später. Sobald ich fort war, würde sie sich in die Küche setzen, den Umschlag öffnen, seinen Brief langsam, Buchstabe für Buchstabe lesen und zum letzten Mal mit Henri zu zweit sein.

Anna fragte, ob ich vor meiner Abreise mit ihr essen wollte. Sie habe am Morgen einen Hackbraten vorbereitet, mit dem sie eine ganze Kompanie füttern könne. Außerdem sei es nicht ratsam, hungrig aufzubrechen. Ich bedankte mich für ihre Freundlichkeit, aber es sei schon spät, und ich müsse wirklich gehen. Es sei doch merkwürdig, sagte ich noch zu ihr: Auf der Suche nach einer einfachen Antwort werde alles immer komplizierter, aus einer Frage würden zwei, zwei Fragen teilten sich in vier, und bald wisse man nicht mehr, wo alles begonnen hatte. Anna lächelte. Sie wirkte genauso ruhig wie damals, als ich sie zum ersten Mal sah. Diese warmen Tage scheinen nie zu enden, bemerkte sie, und ich verstand nicht genau, was sie damit meinte. Bald begann der Hochsommer, es war kurz nach vier Uhr nachmittags, der Himmel wolkenlos, fast zerbrechlich klar. Als wir uns trennten, blieb sie zwischen den Tomatentrieben sitzen. Nach ein paar Schritten drehte ich mich um und sah sie nicht mehr.

Dritter Teil

12

Der Nachtzug brachte mich nach Nürnberg, und von dort reiste ich am nächsten Morgen über München nach Verona. Im Laufe der Fahrt stieg die Landschaft an, die Hänge der Alpen wurden immer steiler. Ich hatte die ganze Nacht nicht schlafen können, und während aus der Dämmerung der Morgen hervortrat, verging die Zeit sehr langsam, wie ein gleichmäßiger Strom, ohne die künstliche Einteilung des Menschen. Sie tickte nicht, war vielmehr lautlos, wie eine Kluft, die sich Zentimeter um Zentimeter ausdehnte – sie brach in aller Stille durch Tische und Mauern, sprengte den Wegesrand, schälte die geheimsten Formen aus der Erinnerung. Sie ging mir unter die Haut, ins Herz, in meine müden Knochen.

Ich schloss die Augen, kuschelte mich tief in meine Jacke und dachte an Eeva. Daran, wie sie im Bett lag und schlief, an ihre Art sich umzudrehen, das Knie anzuziehen und sich eindrucksvoll zu verknoten. Ich erinnerte mich an einen Abend vor zwei Jahren, an dem wir uns für eine Feier umzogen. Es war später Herbst, wurde schon früh kalt. Aus dem Badezimmer drangen Geräusche, deren Reihenfolge ich mittlerweile auswendig kannte: die Dusche, fließendes Wasser, Klirren und Klappern, das Surren des Haartrockners, plötzliche Stille, wenn sie sich vor den Spiegel beugte. Jetzt war ihr Gesicht so nah am Glas, dass es beschlug. Durch die Tür fiel Licht, der Lärm der Straße war weit entfernt. Sie umrandete ihre Lippen mit einem dünnen Stift, bepinselte ihre Wangen, stäubte Puderwolken in die Luft. Eine feine Schicht legte sich auf ihre kleinen Fältchen, die in den letzten Jahren entstanden waren. Ich hörte das Wasser rauschen, bis das Geräusch plötzlich abbrach. Sie war barfuß und sah aus, wie ich sie mir vorgestellt hatte: die Haut ein wenig feucht, Tröpfchen im Haar, im Gesicht ein Ausdruck, den ich nicht deuten konnte.

Ich hörte ihre Schritte im Nebenzimmer. Sie wusste nicht, dass ich, während sie vor dem Spiegel stand, den Schrank geöffnet und alte Zeitungen durchgeblättert hatte. Ich fand auch eine Platte, die wir vor Jahren gehört hatten, unsere erste gemeinsame Schallplatte. Ich legte sie auf, ihr leise rollender Rhythmus füllte den Raum. Ich hörte, wie meine Frau verstohlen hinter mir in der Tür erschien, fertig angezogen, die Perlenkette um den Hals – Eeva. Ihr Mundwinkel zuckte, bevor sie lächelte. Sie weinte nicht oft. Liebe irrt sich nie, hatte sie gesagt. Sie lehnte still im Türrahmen, und ich hörte hinter der Musik ihren Atem.

Je länger wir fuhren, desto lichter wurde die Atmosphäre. Ich fühlte mich sogar selbst mit jedem Moment leichter. Auf einmal fiel es mir schwer, die Tage zu unterscheiden. Die Berge schnitten wie Glas in den Himmel, gleißende Gletscher in unendlichen Weiten. Von einer Brücke aus sah ich hinab in ein Tal, in dem ein eisiger Strom zu einem Lichtermeer schmolz. Ich dachte an die Entstehung von Gletschern, wie Schnee auf Schnee fiel, seine Kristalle sich in jeden Zwischenraum zwängten, ihr kompliziertes Geäst zusammenfügten. Der Schnee schmolz nie, Lage um Lage wuchsen die Verwehungen und vereisten, bis der Druck des Eises, zur dichten Masse gepresst, so groß war, dass die unterste Schicht in einen anderen Aggregatzustand überging. Es zwang sich voran, begann langsam zu fließen, der ganze gewaltige Gletscher setzte sich in Bewegung, bebte, seine Kanten stemmten sich gegen den Fels. Mitten im Eis bildeten sich heimtückische Spalten, durch deren Schneebrücken waghalsige Wanderer brachen und urplötzlich untergingen, in blau schimmernden Gewölben, aus denen es kein Entkommen gab.

Ich erstand einen Becher Tee und eine Zeitung beim Zugbegleiter. Sein Wägelchen klirrte leise im Gang. Ich badete meinen Teebeutel im dampfenden

Wasser und dachte, dass ich länger bei Anna Prinz hätte bleiben sollen. Nur ein paar Tage, damit ich mich besser an sie erinnerte. Von meinem Leben hatte ich ihr kaum etwas erzählt. Ich wusste nicht, wo ich hätte anfangen sollen – weit in der Vergangenheit oder in der Gegenwart. Manchmal fand ich es schwer zu entscheiden, was wichtig ist.

Später schaukelte mich der Zug in einen Halbschlaf. Ich befand mich wieder im Warenlager meines Vaters, stieg die Stufen hinab in die tiefe alte Dunkelheit. Am Ende der Treppe tastete ich nach dem Lichtschalter und verstand nicht, warum er so weit unten, so weit weg angebracht war. Im dämmrigen Licht erkannte ich die staubverkrusteten Regale, den Boden, der nach nasser Erde roch, leere Kartoffelkisten, Milchkannen. Ich sah rostiges Werkzeug, Konservenbüchsen, Limonadenflaschen, alte Zeitungen, deren eingewickelter Inhalt vor langer Zeit zerbröselt war, und schließlich am Ende des Ganges den Stapel Säcke, auf deren dunklem Stoff ich in rötlich schimmernden Buchstaben *Aniche* entziffern konnte. Ich war mir sicher: Hätte ich mich getraut, die Säcke einen nach dem anderen zur Seite zu zerren – dahinter wäre eine Tür gewesen. Hätten meine Kinderkräfte dafür gereicht, ich wäre in eine neue Welt getreten. Doch ich rührte den Wall nie an, starrte nur wie gebannt auf den Schriftzug, der Jahr um Jahr ein Rätsel blieb.

Am Nachmittag herrschte noch immer dieselbe Helligkeit, dasselbe gleißende Licht, der Zug glitt monoton dahin, die Bahnsteige waren zu dieser Tageszeit leer. Neben uns ertönte ein Schrei, Vögel flatterten kreischend aus den Böschungen, als der Zug an ihnen vorbei raste.

13

Am zwölften Juni, sechs Tage nachdem ich in Helsinki aufgebrochen war, kehrte ich in Gardone, am Westufer des Gardasees, im Hotel Monte Baldo ein. Hier war Henri Ruzicka vor beinahe dreißig Jahren untergekommen. Bei meiner Ankunft bat ich um das Zimmer Nummer siebenundzwanzig, in dem Henri 1963 für die paar Tage gewohnt hatte. Das Zimmer war belegt, also bezog ich das benachbarte. Mein Balkon ging zum See hinaus, aber es war schon spät, und in der Dunkelheit konnte ich nicht viel erkennen. Ich erahnte das Wasser, spürte aber keinen Wind und hörte auch keine Wellen, der See lag vollkommen regungslos. Ab und zu blinkten weit draußen die Lichter der Schiffe, die von einem Ufer zum anderen fuhren. Ganz hinten, auf der anderen Seite, sah ich kleine Pünktchen flimmern.

Als ich am nächsten Morgen aufstand, öffnete ich als Erstes die Glastüren zum Balkon. Vor mir breitete sich die Landschaft aus, die in der Nacht im Dunkeln gelegen hatte. Mir zog sich die Brust zusammen. Am gegenüberliegenden Seeufer zeichneten sich Berge ab und stiegen steil auf in den Norden. Ich legte Henri Ruzickas Reisetagbuch, die kleine Holzschachtel und die Postkarte mit dem Schriftzug *Agios Nikolaos* auf den Tisch. Sein ganzes Leben schmolz zusammen auf diese wenigen Einzelheiten: Anna Prinz' Erinnerungen, Schmetterlinge unter Glasdeckeln, ein griechischer Hafen mit weiß gestrichenen Booten. Vor fast dreißig Jahren war Henri dieselben Stufen, denselben Flur entlanggegangen, hatte sich über seinen Tisch gebeugt, um Notizen zu machen und Karten zu zeichnen, auf denen er seine Schmetterlingsfunde mit kleinen Kreuzen markierte. In einer Novembernacht war Henri aus Pirna verschwunden – alleine, ohne ein Wort zu sagen, ohne sich zu verabschieden. Wo verbrachte er die ersten Nächte? Was ging in seinem Kopf vor? Versteckte er sich lange, bis er einen Ort fand, an dem er sich niederlassen konnte? Wurde er in seinem neuen Land Lehrer, oder begann er etwas anderes? Wo war sein neues Zuhause? In eines seiner Leben hatte ich einen flüchtigen Blick geworfen, doch weit entfernt versteckte sich ein zweites, von dem weder ich noch Anna Prinz auch nur den Hauch einer Ahnung hatten.

Am Vormittag schlenderte ich durch Uferstraßen, gesäumt von großen Ferienhäusern inmitten phantastischer Gärten. Efeu überwucherte die Mauern. Rosarote Bougainvilleablüten hingen schwer über die Tore, Rosen kletterten die Wände hinauf und reckten ihre Ranken bis unter die Dächer. Ein Teil der Fensterläden war geschlossen, die Sommergäste würden erst noch kommen. Platanen beschatteten Rasenflächen, Eisentische standen noch am Rand, und in den Ecken lagen zusammengekehrt die Blätter des letzten Herbstes. Mächtige Krüge auf gepflasterten Auffahrten wirkten wie Fundstücke aus gesunkenen Schiffen, Kriegsschiffen vom Mittelmeer oder untergegangenen Städten. Sie warteten auf ihre Besitzer, die in den heißen Augusttagen in ihre Sommerhäuser zurückkehren würden. Am Strand waren bereits junge Leute, sprangen umeinander herum, verbrachten hier ihren Urlaub. Ihre Körper wanden sich im Wind, ihre schlanken Glieder waren braungebrannt, die Haare kurz. Sie sorgten sich nicht, denn sie besaßen nichts, nur unendlich viel Zeit.

Am Nachmittag ruhte ich mich im Hotel aus. Ich lag auf den weißen Laken, doch trotz heruntergelassener Jalousien war es in meinem Zimmer unerträglich heiß. Also beschloss ich, schwimmen zu gehen. Ich schnappte mir das Handtuch mit dem eingestickten Hotelnamen und wollte gerade meine Zimmertür schließen, als sich die Tür neben mir öffnete. Eine Frau zwischen dreißig und vierzig trat auf den Flur hinaus.

Sie hatte hellbraune Haare, die ihr auf die Schultern fielen. Ihr Sommerrock spannte an den Hüften.

Die Frau schloss ihre Tür ab, lief, ohne sich umzudrehen, den Gang hinunter und verschwand auf der Treppe. Ich schlenderte hinter ihr her in die Hotellobby. Der Teppich dämpfte unsere Schritte. Ich folgte ihr bis auf die Terrasse, die zum Strand hinausging und auf der einige Gäste bei einem verspäteten Mittagessen saßen. Sie stellte sich an den Tresen des Cafés und blätterte in der ausliegenden Zeitung. Von der Terrassentür aus musterte ich sie eine Weile. Als ein Vogel auf das Geländer flatterte, warf ich mein Handtuch über die Schulter und ging hinunter zum Strand. Die letzten jungen Leute brachen gerade auf, um sich für den Abend zurechtzumachen. Ihr Rufen war weithin zu hören, im Sand blieben die Abdrücke ihrer Zehen zurück, Sonnenschirme flatterten im Wind. Vom Ufer aus wirkte der See blau und tief. Als ich von einem Felsblock aus ins Wasser tauchte, war es genau so kühl, wie ich es mir vorgestellt hatte. Die Kälte zog sich durch den ganzen Körper.

14

Als ich am Tag darauf von einem Spaziergang ins Hotel zurückkehrte und vor meinem Zimmer stand, öffnete sich nebenan gerade die Tür. Die Frau, die ich bereits am vorigen Tag beobachtet hatte, trat heraus, schloss ab und steuerte auf die Treppe am Ende des Ganges zu. Sie trug einen Rock aus dünnem Stoff, genau wie am Tag zuvor. Nach kurzem Zögern drehte ich mich um, eilte hinter ihr her, die Treppe hinunter in die Lobby und folgte ihr auf die Terrasse. Ich stellte mich neben sie an die Theke, doch sie schien mich nicht wahrzunehmen. Gedankenverloren schaute sie zwischen den Säulen hindurch auf den See.

Ich bestellte einen Kaffee. Als ich meine Nachbarin nach einer Weile auf Englisch ansprach, drehte sie sich zu mir um. Ich sah ihre Augen – die Augen eines übernächtigten Menschen. Ich zog das Foto aus meiner Brusttasche, reichte es ihr und beteuerte, sie nicht belästigen zu wollen, aber sie wohne in demselben

Zimmer, in dem vor dreißig Jahren ein Mann namens Henri Ruzicka übernachtet hatte. Da sie nicht antwortete, redete ich weiter: Ich wolle sie keinesfalls verfolgen, doch ich sei ihr Nachbar; ursprünglich hätte ich nach ihrem Zimmer verlangt, mich aber, da es bereits vergeben war, mit dem nächstgelegenen arrangiert. Als ich sie aus ihrer Tür treten sah, sei ich ihr gefolgt, ohne genau zu wissen, warum.

Die Frau nahm Henri Ruzickas Bild und betrachtete es. Sie sagte immer noch kein Wort. Wahrscheinlich hielt sie das Ganze für den verzweifelten Versuch einer Annäherung. Oder sie sah in mir einen Professionellen, der mit seiner immer gleichen Geschichte die Bars und Restaurants der Hotels abklappert. Sie studierte das Bild, während ich sie und die Terrasse hinter ihr musterte. Überall warteten leere Tische auf Gäste. Das Geländer war weiß gestrichen, an der Wand hing ein hübscher Holzschnitt, der eine orientalische Seelandschaft zeigte; mit Segeln auf Halbmast glitten Dschunken über ein schäumendes Meer.

Meine Nachbarin legte das Bild zurück auf den Tisch und fragte, wer Herr Ruzicka sei. Ich sagte, Henri Ruzicka sei ein im Frühjahr verstorbener Schmetterlingssammler. Im Bestreben, etwas über sein Leben herauszufinden, sei ich seinen Spuren in dieses Hotel gefolgt – doch um die Wahrheit zu sagen: Meine Hoffnung, hier etwas zu finden, sei nicht mehr groß.

Die Frau nahm das Foto wieder in die Hand: Henri stand mit seinem Schmetterlingsnetz im Erzgebirge, hinter ihm fielen steile Sandsteinhänge in ein Tal hinab. Er trug ein T-Shirt und dunkle Hosen, die er bis zu den Knien aufgekrempelt hatte. Der Tag war warm, neben Henri stand ein geöffneter Picknickkorb. Der Wind plusterte sein Hemd auf.

Ich erklärte ihr, dass Henri Ruzicka auf der Suche nach Schmetterlingen an den Gardasee gekommen war, drei Jahre nach seiner Flucht aus Ostdeutschland in den Westen. Ich sei kein Fachmann, aber wenn ich Henri Ruzickas Aufzeichnungen richtig deutete, wollte er ein Tier mit dem Namen *Parnassius phoebus* finden – aus der seltenen Familie der Apolloschmetterlinge, die in etwas über tausend Meter Höhe lebten. Ich erzählte ihr von der beachtlichen Sammlung, die Henri im Laufe seines Lebens zusammengetragen hatte und in deren Besitz ich durch Zufall gelangt war, ohne zu wissen, was ich damit anfangen sollte. Während ich auf meine Zimmernachbarin einredete, kam der Kellner zu uns und lauschte. Als ich meine Geschichte beendet hatte, ließ er sein Handtuch auf die Theke sinken und sagte: *the butterfly man.*

Ich musterte den Mann, der an die siebzig sein musste, aber immer noch jugendlich wirkte: Kenne er den Herrn? Der Kellner nickte, wahrscheinlich ja, er arbeite seit über fünfzig Jahren in diesem Hotel.

Auch wenn er sich nicht an alle Gäste erinnern konnte – es seien sicherlich Tausende gewesen –, einige seien ihm im Gedächtnis geblieben. Ich erklärte ihm, Henri Ruzicka habe im August 1963 das Zimmer Nummer siebenundzwanzig bewohnt. Der Ober griff nach dem Foto. Er beäugte es eine Weile und verkündete, dass es sich hier ganz gewiss um *the butterfly man* handelte. Außerdem irre ich in der Annahme, Henri sei wegen der Schmetterlinge gekommen. Er habe andere Gründe gehabt.

Es war beinahe Mittag, die Terrasse noch leer. Meine Nachbarin saß ruhig da. Ich bat den Kellner, mich über Henris wahre Gründe aufzuklären. Er setzte sich auf seinen Hocker und erzählte, dass der Mann wegen seiner Mutter gekommen sei. Er erinnere sich gut, da die Geschichte an vorangegangene Ereignisse anknüpfte. Außerdem habe er sich persönlich mit Herrn Ruzicka über alles unterhalten. Der Ober hatte 1937 in diesem Hotel angefangen, damals war er siebzehn Jahre alt. Er erinnerte sich noch gut an jenen Sommer, denn im August desselben Jahres ereignete sich ein tragisches Unglück. Eine einsame Dame erschien im Hotel und verließ kaum ihr Zimmer. Er erledigte ab und zu kleine Angelegenheiten für sie, brachte ihr das Frühstückstablett, gelegentlich einen Nachmittagstee und Zeitungen, die sie aber nicht zu lesen schien. Die Frau war um die vierzig, und der Kellner wusste nicht, woher sie kam. Sie sprach Deutsch und etwas Italienisch. Wenn er in ihr Zimmer trat, saß sie meist auf dem Balkon und starrte auf den See.

Eines Abends ging er an ihrer Tür vorbei und wunderte sich, dass sie offen stand. Auf sein Klopfen hin erhielt er keine Antwort, deshalb betrat er den Raum und fand die Dame halb bekleidet auf dem Fußboden, tot. Er rief Hilfe herbei, doch es war nichts zu machen: Sie hatte schon seit dem frühen Nachmittag dort gelegen. Keiner konnte sich daran erinnern, sie an diesem Tag gesehen zu haben. Am Morgen hatte sie niemanden zu sich bestellt. Am vorigen Abend war sie noch durch die Lobby gegangen, doch der Kellner wusste nicht, woher sie kam und was sie gemacht hatte. Ein Arzt untersuchte sie und stellte fest, dass sie Selbstmord begangen hatte. Schnell fanden sich im Badezimmer die halb leeren Arzneiflaschen. Im Sturz hatte sie sich ihr Handgelenk aufgeschlagen, die Wunde blutete noch. Als sie die Tote fortschafften, blieb der Kellner im Zimmer zurück. Die Situation beängstigte und fesselte ihn gleichermaßen; nie zuvor hatte er einen toten Menschen gesehen. Er konnte sich nicht vorstellen, was passiert war – bis dahin hatte er geglaubt, die Gäste eines Hotels seien glückliche Menschen, nichts könne sie berühren, sie trieben in feiner Sommerkleidung sorglos zwischen Booten und Lusthäuschen umher.

Am selben Abend noch beauftragte der Hoteldirektor den jungen Kellner, auf die Putzfrau zu warten, das Zimmer zu bewachen und Außenstehende wegzuschicken. Während er wartete, legte er die persönlichen Dinge der Toten in eine Kiste, die, weil niemand je danach fragte, in seinem Besitz blieb. Ab und zu fiel ihm der Karton in der Zimmerecke auf, aber er ließ ihn dort, traute sich nicht, daran zu rühren. Vielleicht wartete er aber auch auf etwas, auf jemanden, der die Dame vermisste, sie wieder zum Leben erweckte. Oder es gab in ihm eine Art Schuldbewusstsein, er war sich nicht sicher. Mit den Jahren vergaß er die Angelegenheit.

Der Ober schwieg. Einige Gäste betraten die Terrasse, ein junges Paar setzte sich neben die Säulen, so weit wie möglich von uns entfernt. Die Veranda lag am späten Vormittag im Halbschatten, ein schmaler Sonnenstreifen beschien den Boden, die Palmen neben dem Geländer und die Oleander am Spalier. Ich trommelte mit den Fingern auf den Tisch. Meine Nachbarin hatte sich eine Zigarette angezündet. Ihr Kaffee war unangetastet geblieben, der Rauch stieg still zum Dach hinauf und verlor sich im Wind. Als der Kellner von dem Pärchen zurückkehrte und ihre Bestellung besorgt hatte, bat er uns um Diskretion: All dies sei ziemlich ungewöhnlich, es wäre eigentlich nicht üblich, über Gäste zu reden. Aber da die beiden nicht mehr lebten, könne er eine Ausnahme machen.

Als der Ober das Ereignis längst vergessen hatte, tauchte im Hotel ein Herr auf, der sich nach der Frau erkundigte. Er machte nicht viel Aufhebens von sich; tagsüber unternahm er Wanderungen in die umliegenden Berge, und abends kehrte er im Speisesaal ein und stellte in aller Ruhe seine Fragen. Und weil der Kellner noch immer im Hotel beschäftigt war – als einer von drei Bediensteten –, wurde der Fremde bald an ihn verwiesen. Er wollte wissen, was der Dame 1937 geschehen sei, was sie im Hotel getan habe, woher sie kam, wen sie getroffen habe und wie sie gestorben sei. Viele der Fragen konnte der Kellner ihm nicht beantworten. Seiner Erinnerung nach hatte sie vor allem auf ihrem Balkon gesessen und auf den See gestarrt. Er erzählte dem Gast mehr oder weniger dieselbe Geschichte wie uns. Auch wenn dessen Fragen viel mehr ins Detail gingen und der Mann sogar wissen wollte, in welcher Haltung die Tote lag, als man sie fand, welchen Ausdruck ihr Gesicht hatte, ob die Augen offen oder geschlossen waren, ob sie einen Ring trug. Was ihm am wichtigsten zu sein schien: ob es einen Brief, eine Nachricht, irgendein Zeichen gab.

Dem Kellner tat es damals leid, dass die Frau nichts zurückgelassen hatte, aus dem ihre Gründe zu schließen gewesen wären. Er konnte nur berichten, dass der Arzt als Auslöser für den Selbstmord auf eine unglückliche Liebe tippte. Doch fußte diese Vermutung seiner

Meinung nach auf keinem verlässlichen Beweis, auch war sie nicht gerade originell. Schließlich lud der Kellner den Herrn zu sich ein, denn immerhin besaß er noch die Habseligkeiten der Verstorbenen, die all die Jahre in seiner Schrankecke überdauert hatten.

An einem Abend gingen sie alles gemeinsam durch: Zeitungen, die im Zimmer der Toten gelegen hatten, ihre Kleidung, die gläserne Dose, in der die Medikamente gewesen waren, zwei Bücher, deren Titel er vergessen hatte, die Reisetickets der Dame für die Strecke von Genf nach Verona. Zwischen den Seiten eines der Bücher klemmte eine alte Heiratsurkunde, die der Mann lange studierte, bevor er sie zusammenfaltete und einsteckte. Sie hatte nicht viel hinterlassen, entsetzlich wenig eigentlich. Doch der Fremde durchsuchte alles sorgfältig. In der Hoffnung auf eine Notiz oder irgendein Zeichen blätterte er sich durch jede Zeitschrift, jedes Buch. Er befühlte sogar die Kleider, die schon langsam vergilbten. Zum Schluss bat er um eine Schere und schnitt ein Stück blutigen Stoff aus dem Morgenmantel, den die Frau getragen hatte, als sie zu Boden fiel. Er steckte den Fetzen vorsichtig in seine Tasche und bat den Kellner, alles zu vernichten. Schließlich wollte er noch wissen, in welchem Zimmer die Frau gewohnt hatte, und ließ sich die Nummer siebenundzwanzig zeigen, die an diesem Abend zufällig frei war. Der Gast äußerte den Wunsch, dorthin umzuziehen, und der Kellner erledigte alles für ihn, denn immerhin war die Verstorbene seine Mutter.

Wir schwiegen. Der Kellner schenkte sich ein Glas Wasser ein. Über den Dachbalken der Terrasse schaukelten Zweige im Wind, ihre Blätter warfen Schatten auf den Boden, auf dem Holzschnitt glitten die Dschunken dahin. Auf dem See fuhr ein Schiff, dessen weiße Bordwand in der Sonne glänzte. Das junge Paar neben den Säulen schwieg ebenfalls, vielleicht hatte der Tag für sie noch nicht begonnen. Die Frau neben mir drückte ihre Zigarette in einem Aschenbecher aus, auf dessen Rand *Winston* zu lesen war. Sie fragte mich, ob ich das Zimmer sehen wolle, und da ich das Gefühl hatte, es handele sich mehr um eine Bitte als eine Frage, nickte ich. Wir erhoben uns, ließen den Kellner allein und gingen durch die Hotellobby, auf deren Sofas sich einige ältere Gäste in ihre Zeitungen vertieften. Die Sportseiten lagen gefaltet auf dem Tisch, und ich konnte nicht umhin, in der Szenerie etwas längst Vergangenes zu sehen: die letzten Mitglieder eines vor Jahren aufgelösten *Sporting Club*.

Die Frau ging mir voraus, ich folgte mit ein paar Schritten Abstand. Sie stieg langsam die Stufen hinauf, bog in den Gang, in dem unsere Zimmer lagen, drehte ihren Schlüssel im Schloss und zögerte einen Augenblick, als sei ihr plötzlich etwas eingefallen. Dann drückte sie die Klinke hinunter, und wir traten ein.

Ich betrachtete den Raum, der größer war als meiner. Schwere Tapeten, durchwirkt von senkrechten Goldfäden, schmückten die Wände. Gipsstuck rahmte die Decke, die Möbel waren alt, nur teilweise durch neue ersetzt. Neben dem neuen Sofa war eine Stelle auf dem Holzboden ein wenig heller, wahrscheinlich hatte das alte Sitzmöbel dort gestanden. Vielleicht war Henris Mutter daneben zu Boden gestürzt. Als ich durch das Zimmer ging, mied ich instinktiv die Stelle, an der sie vermutlich gelegen hatte. Ich fühlte mich, als sei alles gerade erst passiert, als sei die Dame vor einer Minute aus dem Zimmer getragen worden, mit offenen Haaren, durch ein Spalier neugieriger Hotelgäste im Flur, überall Getuschel und Halbwissen, das Ereignis konnte natürlich nicht unentdeckt bleiben.

Worüber wir sprachen? Ich kann mich nicht erinnern, wahrscheinlich redeten wir nicht viel. Vielleicht gestand mir die Frau, dass das Gehörte sie erschütterte. Dass sie keinen klaren Gedanken fassen konnte, auf Derartiges nicht gefasst war und nicht allein sein wollte. Vielleicht täuscht mich mein Gedächtnis, und dies waren meine eigenen Worte. Ich bot ihr an, die Zimmer zu tauschen. Sie schüttelte den Kopf und sagte, seitdem seien Jahre vergangen, Hunderte Menschen hätten in diesem Bett geschlafen, unwissend und glücklich. Ich stellte mich hinter sie. Die Nachbarbalkone waren leer, Ranken wanden sich die Wand hinauf, die

Finger der Frau schlossen sich um das Geländer. Ich atmete ihren Duft ein, der fremd war; legte eine Hand auf ihre Hüfte. Der dünne Stoff lag geschmeidig unter meinen Fingern. Sie bewegte sich nicht bei der Berührung, entzog sich nicht, auch als ich meine Hand hinunter führte. Sie schaute weiter auf den See hinaus, und ich spürte eine leichte Brise. Alles geschah sehr langsam, mein Kopf war leer. Die Reise von Anna Prinz bis hierher, von meiner Haustür bis auf diesen Balkon – es war, als stünden uns allen zwei Leben offen. Ich fürchtete, sie würde sich umdrehen und mich erschrocken fortschicken. Doch sie blieb stehen, erschrak nicht. Ich wusste nichts über sie. Ihre Haare bedeckten die Schultern, ihre Arme waren gebräunt, die Gelenke schmal, sie trug keine Ringe. Wie dünn das Band zwischen uns war. Unter den Händen fühlte ich ihre Hüfte, den Rock, der hinaufrutschte, Zentimeter um Zentimeter hob sich sein Saum, ich spürte ihre nackte Haut, die an dieser Stelle heller war, unberührt von der Sonne. Sie schloss die Augen, und wir standen lange so, bis sie meine Hand nahm und mich zurück ins Zimmer führte. Wir umrundeten das Sofa, das Rechteck auf dem Fußboden, den Spiegeltisch mit verschiedenen Utensilien: ein Stift, ein Wasserglas, eine Schere, ein halb gelesener Roman. Wir traten in das zweite Zimmer, in dem es kühler war. Mit einer anmutigen Bewegung streifte sie ihre Schuhe von den

Füßen, zog die Gardinen vor das Fenster. Auf dem Nachttisch stand eine Puderdose mit Perlmuttdeckel. Ich erinnere mich an den dünnen Armreif, der von ihrer Hand glitt, im Fall immer schneller wurde, das leise Klirren, als das Metall um sich selbst kreiste, verharrte, liegen blieb. Ich erinnere mich, wie sie auf das Bett sank, die Laken unter ihr knittrig, und ihre Beine sich lautlos öffneten wie die einer Tänzerin.

Die stillen Stunden des Nachmittags – die Sonne, die ihre Bahn zog, klares Wasser in ziellosen Wellen. Ich sah die Vorhänge, die sich bauschten, und ihr Gesicht, das angespannt und dann wieder ruhig war. Ich fürchtete mich nicht vor der Traurigkeit danach – als wäre alles, was geschah, eine Erleichterung für uns beide. Ihre Hände lagen still, ich spürte das Laken an meiner Wange, ihren feuchten Oberschenkel, und als ich zu Boden blickte, funkelte der Armreif im Halbdunkel. Vielleicht hätte ich nicht schlafen sollen. Doch die Müdigkeit, die sich in mir gesammelt hatte, überkam mich, und so schlummerte ich neben ihr ein, träumte nichts, nahm kein Geräusch wahr, auch kein Licht. Manchmal verlassen wir im Schlaf die Welt, und für einen Moment existiert sie nicht mehr.

15

Ich erwachte mitten in der Nacht, es war stockdunkel. Ich drehte mich um, doch die Frau war verschwunden, das Laken neben mir zerknüllt. Zuerst wusste ich nicht, wo ich war – in meinem eigenen oder in ihrem Zimmer, zu Hause in Helsinki, in Henri Ruzickas Haus oder im Zimmer seiner Mutter von 1937. Ich richtete mich langsam auf, und als meine Augen sich an die Dunkelheit gewöhnt hatten, erhob ich mich und ging durch den Raum. Obwohl ich den dünnen Armreif unter meinem Fuß spürte, überkam mich die Angst, sie könnte fort sein und ich würde sie nie wieder sehen. Ich tastete mich durch die Dunkelheit in das angrenzende Wohnzimmer und sah eine dunkle Gestalt auf dem Balkon. Die Frau saß still auf einem Stuhl und betrachtete dieselbe Landschaft, auf die ich in der Nacht zuvor geblickt hatte, so wie schon Henri Ruzickas Mutter im August 1937 und Henri sechsundzwanzig Jahre später.

Die Nacht war kühl. Die Frau hatte sich in ihren Morgenmantel gewickelt und die Arme um den Körper geschlungen. Ich fragte, ob sie nicht schlafen könne, und sie nickte. Sie habe mich beim Schlafen beobachtet und den Eindruck gehabt, dass ich eine lange Reise hinter mir habe und sehr müde sei. Ich wollte wissen, ob sie allein hergekommen war; sie bejahte. Sie könne nicht aufhören, daran zu denken, was sie am Vormittag erfahren habe. Die Geschichte ließe sie nicht los, flüsterte sie, sie höre die Frau sogar im Zimmer atmen.

Wir saßen auf dem Balkon, und ich erzählte ihr von meiner Reise, ließ aber vieles unerwähnt. Sie stellte keine Fragen. Vieles bleibt uns unbegreiflich, häufig das, was uns am nächsten ist, sagte sie. Dann schwiegen wir, bis ich bemerkte, dass sie zitterte und ihre Lippen bebten. Ich wusste nicht, ob die Kälte oder die Reglosigkeit sie zittern ließ. Ich führte sie zurück ins Zimmer und schloss die Balkontüren. Neben dem Bett zog ich ihr den Morgenmantel aus, löste den dünnen Gürtel, die einfache Schleife – wie leicht er zu Boden glitt. Im Dunkel wirkte ihre Haut milchweiß, und wir rührten uns lange nicht. Keiner von uns hatte es eilig. Als wir uns schließlich bewegten, presste sie ihre Lippen an meine Schulter, ich spürte, wie meine Haut sich spannte, jede Bewegung zögerte den morgigen Tag ein wenig weiter hinaus, mein Gewicht hinderte sie am Abheben, bannte sie an diese Stelle. Ich bewegte mich schneller, jetzt flüsterte sie nicht mehr, ihre Stimme füllte den Raum, und ich meinte, einzelne Worte auszumachen. Sie formten sich im Fluss der Erregung, strebten nach Freiheit und blieben doch plötzlich in der Luft hängen – wie Blätter, die mitten im Fall erstarrten, eine Nachricht, die sich nicht entziffern ließ; oder eine Erinnerung, die im Tageslicht greifbar wird und in der Nacht wieder fern rückt.

Am nächsten Tag schlug sie eine Bootstour vor. Wir folgten einem schmalen Pfad am Ufer, an dem Magnolien wuchsen. An niedrigen Mauern gab es kühle Stellen, vertrocknete Blätter raschelten im Wind. Am Hafen betraten wir ein kleines Touristenschiff, das um den See fuhr, nach Riva und Limone. Wir setzten uns aufs Deck, unter das Sonnendach. Die meisten Fahrgäste waren älter als wir, einige Herren trugen einen Strohhut. Meine Begleiterin hatte sich ein Tuch um den Kopf geschlungen, und viele drehten sich nach ihr um. Ich hörte das tiefe Brummen der Maschinen, am Geländer baumelte ein rot-weißer Rettungsring. Das Wasser war ruhig, hinter dem Schiff blieb eine lange, schaumige Spur zurück. Ringsum erhoben sich Berge; in der Mittagssonne waren ihre Formen kaum zu erkennen. Sie lehnte sich in einem Stuhl zurück, legte ihre bloßen Füße auf die Brüstung und wackelte mit den Zehen. Ich malte mir aus, wo sie herkam, was sie machte, doch ich sah nur Bruchstücke, Splitter. Vielleicht war sie verheiratet, wie ich. Vielleicht war ihr Mann auf Reisen, so wie meine Frau. Ob sie Kinder hatte? Eher nicht. Wohin wollte sie? Was wäre geschehen, hätte ich sie am vorigen Tag auf der Terrasse nicht angesprochen? Hatte sie vielleicht etwas Endgültiges im Sinn gehabt?

Wir hielten in Riva am Nordufer des Sees und aßen in einem Hafenrestaurant zu Mittag. Der Kellner, ein zwanzigjähriger Bursche, versuchte mit meiner Begleitung zu flirten. Sie wechselten ein paar Sätze auf Italienisch, die ich nicht verstand, was mir einen Stich versetzte, mir keine Ruhe ließ. Später streiften wir eine Weile durch die Ufergassen, bis wir uns in ein kleines Antiquariat verirrten. Ich erkundigte mich beim Verkäufer nach Büchern über Schmetterlinge. Er führte uns in einen zweiten Raum, kletterte eine Leiter hinauf und zog einige verstaubte Werke aus dem Regal. Ich wählte eines aus und studierte das Register, bis ich den Namen *Parnassius phoebus* fand. Unter dem Seidenpapier erschien die Abbildung einer handgemalten Bildtafel, die einen großen weißen Schmetterling zeigte. Auf den Hinterflügeln prangten zwei schwarz umrandete rote Tupfer. Die Frau blickte auf das Bild, und ich erklärte ihr, dass Henri Ruzicka genau dieses Tier in den Bergen gesucht habe, ich wollte es endlich einmal sehen. Sie fand den Schmetterling sehr schön; sie könne es verstehen, wenn jemand seinetwegen einiges auf sich nimmt. Manchmal reichen zwar auch kleine Dinge, aber ein Schmetterling kann wohl kaum ein ganzes Leben tragen, dachte ich.

Nach der Rückkehr ins Hotel gesellten wir uns – als der letzte Gast die Terrasse verlassen hatte – auf ein Gläschen zum Kellner. Er verriet uns, dass er bald in Rente gehen würde und sich auf seinen kleinen Olivenhain konzentrieren wollte. Er sprach von seinen Enkelkindern, die er viel zu selten sah. Später stiegen wir die Treppe zum Zimmer hinauf. Die Frau drehte den Schlüssel zweimal gegen den Uhrzeigersinn, schaltete eine kleine Lampe an und ging ins Badezimmer. Im Fenster sah ich den Umriss einer Zypresse, ich hörte das Fließen des Wassers, ihre leichten Schritte. Die Badezimmertür stand offen, durch den Spalt schimmerte Licht. Ihr helles Kleid war zu sehen, es lag zerknittert auf dem Boden. Ich spürte, wie sie hinter mich trat, sich vorbeugte, mit den Fingern meinen Nacken berührte. Sie fragte, ob ich mich schuldig fühle, und ich nickte. Ob ich gehen wolle? Ich schüttelte den Kopf. Dann komm, sagte sie und führte mich ans Bett. Sie zog mich aus, und ich folgte ihr in jeder Bewegung. Letztlich war gar nicht klar, ob wir es so wollten, oder ob wir nur einer merkwürdigen Mechanik gehorchten, einer Kettenreaktion, ausgelöst durch die unwahrscheinliche Begegnung zweier Menschen. So oder so, ich erinnere mich noch immer an ihre Augen in der Nacht, weit offen. An den Moment, in dem sie plötzlich in meine Arme sank, wie Laub, das von Bäumen fällt.

16

Nach drei Tagen trennten sich unsere Wege. Die Traurigkeit kam später und betraf viele Dinge: Eeva, andere Abschiede, was geschehen war und was ungeschehen blieb, was unvermeidbar war. Sie schloss Henri Ruzickas Schmerz ein und auch den seiner Mutter, den von Anna Prinz und den des Kellners auf der Terrasse – überall der gleiche Kummer, weil etwas zu Ende ging, selbst wenn man darauf vorbereitet war. Sie hatte ihre Abreise am Vortag angekündigt, und auch wenn ich einen Augenblick überlegt hatte, sie zu begleiten oder mit mir zu nehmen, wusste ich, dass das unmöglich war. Ich erzählte, dass ich auf dem Weg nach Kreta war und von dort aus nach Istanbul wollte, um die Meerenge des Bosporus zu sehen. Ich hatte von gewaltigen Holzvillen gehört, die einstige Paschas erbaut hatten und die verlassen am Meeresrand niederbrannten. Menschen kamen zusammen, um nachts den brennenden Häusern zuzusehen. Ganze Gruppen von Jugendlichen fuhren mit alten Autos ans Ufer und saßen auf den so beleuchteten Kais. Viele sollen sich dort getroffen haben, im Schein des Feuers eingeschlafen sein.

Die Frau hörte mir zu und sagte dann, sie wolle mir etwas geben. Sie verschwand im Badezimmer und kam mit der Schere in der Hand zurück. Sie nahm ihren Rock, legte ihn auf die Knie und schnitt ein Stück Stoff heraus, faltete es zusammen und reichte es mir. Als ich sie fragte, ob sie den Rock jetzt noch gebrauchen könne, zog sie ihn an und sagte: kaum. An der linken Hüfte klaffte ein rechteckiges Loch. Ich legte meinen Finger darauf und befühlte die Stoffkante, ihre Haut. Erinnerst du dich, fragte sie. An dieser Stelle hatte ich sie zum ersten Mal berührt.

Am Nachmittag nach ihrer Abreise packte ich meine Habseligkeiten zusammen und beglich meine Rechnung. Dann ging ich auf die Terrasse, um mich vom Kellner zu verabschieden. Ich bestellte eine Tasse Kaffee und beobachtete, wie der Zucker langsam schmolz und versank. Der Ober fragte, ob ich dem Schmetterlingsmann noch weiter folgen wollte. Ich wusste es nicht. Vielleicht ein wenig, nicht mehr lange. Ich glaubte nicht, noch viel herauszufinden. Er erzählte mir, die Frau, mit der ich zusammen gewesen war, habe am Morgen bei ihm vorbeigeschaut. Anfangs habe er sich um sie gesorgt, doch jetzt sei etwas anders gewesen. Er meinte, genug Menschen gesehen zu haben, um Verzweifelte zu erkennen.

Ich rührte in meinem Kaffee und sah in den großen Spiegel hinter ihm. Darin zeigte sich die Terrasse, die wenigen Gäste an den Tischen, dasselbe junge Paar wie damals beim ersten Mal. Das Mädchen hatte ihre Haare zu einem hohen Knoten gedreht. Sie wirkte altmodisch, erinnerte mich an Audrey Hepburn. Ihr Freund rauchte eine Zigarette. Sie unterhielten sich nicht, hatten gerade ihr Frühstück beendet, auf ihren Tellern lagen Haufen aus Eierschalen, Marmeladenverpackungen und Brotkrumen. Auf der Tischdecke waren Kaffeeflecken. Eine Hochzeitsreise, klärte mich der Kellner auf, und ich stellte mir ihr spätes Aufwachen vor, die stillen Stunden des Nachmittags. Ich sah sie im Auto die Serpentinen zum Strand hinunterkurven, in behaglicher Untätigkeit im Sand liegen, wie sie ihre Pflichten noch für einen Tag hinausschoben, oder zwei, immer weiter, auf den nächsten Tag.

Ich saß lange da, bis ich mich endlich dazu durchrang, den Kellner zu fragen, ob er mir möglicherweise aus dem Gästebuch des Hotels ihre Adresse organisieren könne. Nur zur Sicherheit, man wisse ja nie, falls eines Tages, stammelte ich. Der Kellner bat mich, einen Moment zu warten. Er verschwand und kam einige Minuten später mit einem kleinen Zettel zurück. Ich nahm ihn entgegen und las den Namen und die Adresse mehrmals durch. Dann steckte ich das Papier in die Tasche. Ich dankte ihm und wünschte ihm Glück mit seinen Olivenbäumen.

Um vier Uhr nachmittags saß ich im Zug Richtung Ancona. Die Fähre nach Kreta ging am nächsten Tag. Eeva wollte im Herbst nach Hause kommen, spätestens im Oktober. Ich dachte an die Dunkelheit, die sich zu der Jahreszeit in der Stadt ausbreitete, an die kahlen Bäume, den Weg zum Flughafen, das Warten, Schritte, an den Augenblick, in dem sie durch den Ausgang treten, sich aus der Reihe fremder Reisender lösen würde. Ich überlegte, ob ich sie sofort erkennen würde, wie sie ihr Haar tragen, was sie als Erstes sagen würde. Ich hatte Angst vor dem Schweigen zwischen uns, vor den Sätzen, die wir aussprechen müssten. Und war es nicht so, dass jedes Wort nur die Stille vor sich her trieb, das Unvermeidliche aufschob, den Moment, in dem uns nichts mehr schützte. Also würden wir unablässig sprechen müssen, nutzlose Sätze bilden, die Zeit füllen, Gemeinplätze finden, Nächte durchschlafen, lesen, schreiben, von überall her Worte sammeln, uns erinnern, die Leere verheimlichen.

Vor dem Zugfenster rasten Bäume vorbei. Ich betrachtete die wolkenverhangene Landschaft und dachte an die Leere. Doch auch sie war nur ein Wort, das allerletzte, das seine Bedeutung verschleiern, die Aufmerksamkeit im letzten Augenblick von sich fortlenken wollte. Ich dachte an Henri Ruzicka und sah *seine* Leere, die sich von Zeit zu Zeit entfernte, nur um ihn wieder heimzusuchen, nicht weniger schmerzlich als der Schmetterling aus seinen Träumen. Sie riss ihn mit sich wie eine Flut, ihr Sog hatte ihn fest im Griff und zwang ihn, die Liebe aufzugeben, das Einzige, was ihn hätte retten können. Sie brachte ihn dazu, verloren die Welt zu durchwandern, mit Alfred Russel Wallaces zerlesenem *Malay Archipelago* als imaginärem Trost unter dem Arm.

Die Einsamkeit ist der Raum zwischen Liebe und Leere, ein Stück weißer Stoff, dachte ich, und lehnte meinen Kopf gegen das kühle Fensterglas. Ich überlegte, wie sich letztendlich alles in einem Punkt verdichtete. Die Last von Jahrhunderten, die Fehler der Menschheit, das Gelingen und Scheitern jedes Einzelnen, all dies beeinflusste in jedem Moment unsere Lebensweise – und dennoch. Ich hatte das Fenster geöffnet und spürte den Luftzug im Gesicht, hörte das Rauschen der Fahrt, stärker, dann wieder schwächer, spürte die Kurven, wie der Zug sich in die Schienen legte, und auch die Sitzfläche, die unzählige Passagiere glattgesessen hatten. Ich drehte und wendete den Zettel, auf dem ihr Name stand, sagte ihn mir mehrmals leise vor. Dann faltete ich das Papier ganz klein zusammen, streckte meine Hand durch das Fenster und übergab es dem Fahrtwind.

17

Am sechzehnten Juni erreichte ich Kreta. Ich sah die weiße Insel schon von Weitem, das Südufer fiel steil zum Meer hinab, die höchsten Gipfel waren in Wolken gehüllt, auf dem Strand lag morgendlicher Nebel. Über die Insel wusste ich nicht viel. Irgendwann hatten Eeva und ich eine Reise dorthin geplant, so wie an viele andere Orte, die wir doch nie besuchten. Die Fahrgäste versammelten sich an Deck, krochen aus ihren Kabinen, viele gerade erst erwacht. Aus dem Schornstein stieg Rauch. Ich hatte das Gefühl, schon ewig unterwegs zu sein. Ich setzte mich auf einen Stuhl an Deck, holte Henris Tagebuch aus der Tasche und las: *Nachts hoher Wellengang, der Morgen still, veränderte Landschaft. Die Wolken wandern an den Horizont, das Deck noch nass vom Regen. Zwei griechische Jungen, vermutlich Brüder, ihre Eltern gehen etwas abseits, der Mann am Stock mit silbernem Knauf. Vor uns ein paar Fischerboote, niemand an Deck. An dieser Seite die sanftere Küste, weiße Häuser, terrassenartig abfallend. Ein venezianischer Hafen. Am Ufer ein Sommerhaus, davor ein Schuppen oder Gartenhäuschen. Ein Holzsteg führt auf den Sandstrand. Drei Kinder beim Schwimmen. Jungs. Rufen etwas, winken. Jemand antwortet. Zu großer Abstand. Mein Griechisch beschränkt sich auf wenige Wörter. Nach einer Stunde Ankunft in Chania. Morgen auf den Ida in der Hoffnung auf Kretania psylorita.* Ich legte das Buch auf die Knie und betrachtete die alte Postkarte, auf der mein Name stand. Und unter dem Bild *Agios Nikolaos*.

Henri Ruzicka hatte jede Nacht in einem anderen Dorf verbracht. Tagsüber war er unterwegs. Seine pedantischen, in täglich kleiner werdender Handschrift festgehaltenen Beobachtungen zu Schmetterlingen machten den größten Teil der Aufzeichnungen aus. Wenn ich ihn richtig verstand, war Henris Ziel eine Bläulingsart, die nur in Kretas Bergen lebte, nirgendwo sonst auf der Welt. Ich folgte seinen Spuren nicht weiter. Meist hatte er in privaten Häusern übernachtet, selten in Hotels, und diese Unterkünfte konnte ich nicht mehr finden. Ich wollte Henri vergessen. Seine Wanderungen kamen mir zwanghaft vor; seinem Tagebuch nach zu urteilen, war er oft schon vor dem Morgengrauen aufgebrochen.

Jeder Tag war heller als der vorige. Ich hatte ein Auto gemietet und fuhr die Küste entlang, folgte gewundenen Straßen, die zu Ruinen, in Sackgassen oder hoch hinauf in die Berge führten. In Dörfern mit Restaurant machte ich Halt, saß lange auf der Terrasse und beobachtete Menschen, die vorbeigingen, und alte Männer, die an ihren Bänken festgewachsen schienen. Ich sprach mit niemandem. Ich besuchte türkische Moscheen und folgte mit den Augen den unendlich komplizierten Mustern der Mosaiken, die wie lebende und atmende Wesen wirkten, sich unmerklich und in aller Stille veränderten. Ich sah Zitronenbäume und blau gestrichene Stühle. Ich wollte nach Hause. Ich spürte die Trockenheit, die sich überall ausbreitete und mich nach Luft ringen ließ. Abends hielt ich irgendwo und suchte mir eine Unterkunft. Ich übernachtete bei einer alten Frau, die nur Griechisch sprach, wusch mich in ihrem Hinterhof, in einer aus Ziegeln gemauerten Wanne. Das Wasser war lauwarm. Ich lag unbekleidet in meinem Zimmer, hing im milden Abend meinen Gedanken nach und hörte unten Schritte hallen, gedämpftes Klappern, wenn die Alte ihre Pfannen und Töpfe benutzte.

Am vierten Tag kam ich in die Gegend von Agios Nikolaos, und weil es ziemlich heiß war, beschloss ich schwimmen zu gehen. Ich lenkte das Auto an den Straßenrand, öffnete die Tür und hörte das Surren des Kühlers. Ein kleiner Pfad führte hinunter zum Strand. Schon als ich aus dem Wagen stieg, war mir merkwürdig unwohl. Ich schob es auf die Hitze, auch wenn es mir im Nachhinein vorkommt, als hätte mich die Übelkeit geplagt, seitdem ich auf der Insel war. Ich hoffte, das Schwimmen würde mir guttun – vielleicht würde das Wasser meine Gedanken fortwaschen. Also kletterte ich weiter den steilen Pfad hinunter. Trockenes Gras streifte meine Knie, Kletten hingen an meinen Knöcheln, und als ich den Felsen umrundet hatte, breitete sich vor mir das Meer aus. Ich blieb kurz stehen, mir schwindelte. Die Felsen waren strahlend weiß, ihre Kanten schroff, wie Zähne ragten sie aus dem Meer. Unten zwischen den Felswänden lag Sand – eine geschützte Bucht. Langsam setzte ich meinen Weg fort. Das Licht blendete mich, vom Wasser reflektiert, stach mir wie Nadeln in die Augen. Der Meeresgrund schimmerte bis an den Horizont. Über den Klippen kauerten kleinwüchsige Bäume, die in der sengenden Sonne schwankten, als litten sie unter jeder Sekunde, die verstrich. Ich sah Sträucher im Licht knistern. Hölzer. Felsen. Hitze. Am Strand krempelte ich die Hosenbeine hoch, der heiße Sand brannte unter meinen Füßen. Ich watete bis zu den Knien ins Wasser, das Meer umspülte träge meine Waden. Klares und kühles Nass. Ich wagte mich weiter hinein. Das Wasser blieb seicht, die Oberfläche wie Glas, das von Zeit zu Zeit brach. Ich schaute auf die gerade Horizontlinie, versuchte mich zu orientieren, nahm aber meinen Körper nicht mehr wahr, spürte nur das kühlende Wasser. Wie Glas, das in die Haut schnitt. Da vernahm ich den Schrei meines Vaters, fern und hoch, weit hinaus hallend, Jahre entfernt. Ich hörte, wie er sich näherte, mit der Geschwindigkeit der Erinnerung, das Meer streifte – und jetzt kräuselte sich das Wasser, kam in Bewegung, umwogte mich. Ich spürte den plötzlichen Druck, das Brausen der Wellen, die Schatten der Steine, die mich mit sich zogen, mich vom Ufer rissen. Ich spürte den Sand unter meinen Zehen, die Helligkeit, das dunkle Getöse und wie es mich überflutete, sah das Licht, das alles durchdrang, schmeckte Salz, hörte Stimmen, Schreie. Wie klar alles war, Glas, Wasser, das in mich hineinströmte; wie leicht es durch mich hindurch floss, als ich zu atmen versuchte. Ich stand bis zu den Knien im Meer und sah die ausgedörrten Bäume, das in Flammen knisternde Licht, die Büsche. Ich erinnerte mich an alles. Ein farbloser, leerer Zustand. Ich wusste wieder, wie wir an dem Tag untergegangen waren, doch danach hörte mein Wissen auf.

Weit draußen auf offener See fuhren Schiffe; leise glitten sie in die Ferne. Unter meinen Füßen war Sand, den ich zwischen den Zehen hindurchrieseln ließ. Ich fühlte mich leicht, es war ganz still, ich war allein. Ich bezweifelte, dass es dieser Strand war, es gab Tausende von Möglichkeiten. Und doch: Es musste hier passiert sein. Ich bettete meinen Kopf in den Sand und sah hinauf in den Himmel. Er war weiß, fast farblos; ein großer, blinder Fleck. Ich schloss die Augen, lag da, bis es dämmerte, dunkel wurde, Nacht, und die Sterne einer nach dem anderen am Himmel aufleuchteten.

18

Als ich nach Helsinki zurückkehrte, goss es in Strömen. Ich stieg die Treppe hinauf; niemand wartete auf mich. Es musste schon den ganzen Tag geregnet haben, die Straßen waren verlassen, das Wasser floss die Gehsteige hinunter, es war Mittsommer. Ich öffnete die Tür und hob auf, was sich in der Diele angesammelt hatte: Zeitungen, Rechnungen, ein Brief. Alles war an seinem Platz, auf dem Tisch lag noch eine Schachtel Zigaretten, die Gardenie war eingegangen. Ich öffnete das Fenster, ließ frische Luft herein, zündete eine Zigarette an und schaute hinaus. Die Bar auf der anderen Straßenseite hatte die Beleuchtung ihres Schildes eingeschaltet, obwohl es erst Mittag war. Das Fenster der Kneipe war trüb vom Rauch. Ich drehte den Hahn auf, rostiges Wasser sprudelte ins Becken. Der Brief kam von Eeva. Sie hatte ihn vor zwei Wochen geschrieben. Ich ließ ihn auf dem Tisch liegen, ging in den Flur, wählte die Nummer meines Vaters und hörte bald darauf seine Stimme. Ich erzählte ihm, dass ich verreist war, und fragte, ob ich noch heute zu ihm kommen könne. Er wollte wissen, ob etwas geschehen sei; ich wolle wirklich kommen? Seine Stimme klang besorgt. Ich beruhigte ihn, es sei alles in Ordnung, und ich würde noch vor dem Abend bei ihm sein.

Nachmittags fuhr ich durch die Stadt, vorbei am Vergnügungspark Linnanmäki in die Sturenstraße und von dort auf den Ring eins, wo nur wenige Autos fuhren, die letzten Mittsommerflüchtlinge, die aufs Land wollten. Unterwegs hielt ich an einer Tankstelle, aß ein Sandwich und tankte. Es regnete immer noch, das Wasser lief die Scheiben herunter. Hinter mir saß ein Mann am Spielautomaten; er fütterte die Maschine mit einer Münze nach der anderen. Am Ecktisch beugte sich eine Gruppe schweigend über ihre Biergläser und betrank sich.

Ob Eeva daran dachte, dass heute Mittsommernacht war? Im letzten Sommer waren wir mit zwei Freunden in die Schären gefahren. Damals war das Wetter schön und windstill. Sie wusste bereits, dass sie gehen würde, sagte aber kein Wort. Wir lagen auf den Felsen, tranken Wein, und einen Moment lang glaubte ich, der Abend könne ewig so weitergehen. Unser Boot ankerte in der Bucht, wo es sanft und einsam in der Sonne schaukelte. Mein Freund hatte es den ganzen Winter über renoviert, seit dem Frühling schlief er in der Vorderkajüte. Er behauptete, die Welt umsegeln zu wollen. Seine Frau meinte, der Lack habe sein Hirn zersetzt. Eeva schloss die Augen. Ihre Sandalen hatten Striemen an den Knöcheln hinterlassen.

Ich fuhr weiter, vertieft in das monotone Brummen des Motors. Ich erinnerte mich an ein anderes Mittsommerfest, das mein Vater und ich zu zweit zu Hause verbracht hatten. Damals war ich elf oder zwölf, in jenem Alter, in dem die Welt sich unmerklich verändert und das Leben fortwährend schwierig ist. Ich kam die Treppe herunter, blieb an der Schlafzimmertür stehen und sah meinen Vater weinen. Er hielt einen Stoff in der Hand, weiße Spitze. Ich traute mich nicht ins Zimmer und schlich lieber davon. Ich dachte, er hätte mich nicht bemerkt. Erst später wurde mir klar, dass das nicht stimmte. An diesem Abend gingen wir ans Seeufer, wo ein Johannisfeuer brannte. Die Leute tanzten im flackernden Schein. Jemand forderte meinen Vater auf, und ich beobachtete, wie er mit einer fremden Frau tanzte, mit unbeholfenen, wackligen Schritten. Während ich der Straße weiter folgte, kamen mir noch viele andere Dinge in den Sinn, Bilder zogen an mir vorüber. Ich versuchte, mich an meine Mutter zu erinnern, doch ich konnte ihr Gesicht nicht sehen. Ich entsann mich an ein Foto von unserem Garten, ich saß neben ihr, sie trug ein rotes Tuch im

Haar. Wir hockten auf der Treppe, und sie hielt mich im Schoß, doch auf einmal war ich nicht mehr sicher, ob sie es war oder jemand anderes, Siiri, die Frau meines Onkels, in deren Gesicht ich die Züge meiner Mutter suchte.

Nach einigen Stunden Fahrt begegneten mir immer mehr alte Vertraute: die Kreuzung, die Tankstelle, der Kiosk, die alte Schule, der Sportplatz, die verwilderte Kiesgrube, die schiefen Lichtmasten des Joggingpfads und schließlich der schmale Weg, der zu meinem Elternhaus führte. Im Hof stellte ich den Motor ab und beobachtete, wie der Regen die Zweige herabrann: kaltes, bleiernes Wasser. Weiter hinten im Garten wuchsen die knorrigen Apfelbäume, standen bis an den Rand der Wiese. Die Wand des Hauses schimmerte weiß durch den Vorhang aus Regen. Dann erst erblickte ich meinen Vater, der auf der Treppe stand und wartete.

Wir saßen in der Küche. Auf den Tisch hatte ich die Karte mit der Aufschrift *Agios Nikolaos* gelegt. Der weiße Hafen. Boote, die in der Tiefe des Blaus trieben. Mein Vater betrachtete die Karte, ohne sie anzurühren. Seine Hände zitterten, er runzelte die Stirn. Dann stand er auf und kam mit einem Foto zurück. Auf dem Bild trug meine Mutter einen weißen Rock, sie hatte dunkle Haare und nackte Füße. Ich stand neben ihr und lächelte, in der Hand eine halb zerlaufene Eistüte. Wir sahen glücklich aus. Links im Bild zeichnete sich der Schatten meines Vaters ab; er war kein besonders guter Fotograf. Mein Vater erzählte, wir hätten auf Kreta Urlaub gemacht. Es war 1963, ich könne mich sicher nicht entsinnen. Ich sagte, dies sei das Jahr, in dem meine Mutter starb, damals war ich fünf. Ich hatte die ganze Reise bis jetzt, bis vor zwei Tagen, überhaupt nicht mehr in Erinnerung gehabt. Er schüttelte den Kopf. Es kam mir vor, als habe auch er alles vergessen.

Der Regen hatte nachgelassen, aber draußen war es trotzdem dunkel, Wolken jagten über den Himmel. Ich wollte wissen, was auf Kreta geschehen war, und er erzählte, es sei ein schöner Urlaub gewesen, bis wir eines Nachmittags schwimmen gingen. Es war eine abgelegene Bucht, er kehrte als erster an den Strand zurück. Wir zwei blieben im Wasser. Mama und ich. Es war ein warmer Tag. Er hörte unsere Stimmen – an diesen Moment erinnerte er sich nur undeutlich. Er las ein Buch, vielleicht lag er auch einfach in der Sonne. Plötzlich sah er nur noch mich. Meine Mutter war weg. Ich schrie, daran erinnerte er sich. Anfangs begriff er nicht, was passiert war, es musste etwas Furchtbares sein. Am anderen Ende der Bucht war ein Mann, der ins Wasser lief. Alles ging ganz schnell. Der Fremde zog mich aus dem Meer, doch meine Mutter konnte er nicht finden. Überall waren Wellen, nirgends ein Mensch zu erkennen. Sie war einfach versunken, verschwunden. Mein Vater erzählte, wie er sich ins Wasser gestürzt, alles abgesucht hatte. Dann seien er und der Fremde abwechselnd getaucht, bis sie nicht mehr konnten, völlig erschöpft waren. Während der eine tauchte, hielt der andere mich am Strand fest im Arm.

Wir saßen am Tisch, und mein Vater weinte. Ich erinnerte mich an den Tag, an dem wir aus Kreta zurückgekehrt waren, die Woche, die ich in der Obhut meines Onkels verbracht hatte. Wie ich mich gewundert hatte, warum alles so plötzlich vorbei war, warum es so kalt geworden war. Und als ich Fragen stellte, sagte man mir, mein Vater werde mit mir sprechen, mir alles erklären. Doch als ich zurück nach Hause kam, sagte er kein Wort. Auch nach einer Woche blieb er stumm, und nach einem Monat hatte ich mich daran gewöhnt – an die plötzliche Abwesenheit meiner Mutter, deren Ende nicht absehbar schien. Ich konnte nicht mehr sagen, wann ich aufhörte zu warten – nach einem Jahr oder erst nach fünf. Ob ich jemals damit aufhörte oder ob das Warten nur andere Formen annahm, in alten Gebäuden steckte, in deren Gänge ich abtauchte, oder in Traumfetzen, die sich morgens auflösten.

Ich musterte meinen Vater und dachte: Wie sehr er sich angestrengt hatte, zu vergessen, und wie weit ihn das von mir entfernt hatte. Ich fragte ihn, warum er mir all das nicht schon früher erzählt habe, ob er wisse, wie hohl er für mich geworden war? Er aber fand keine Antwort, und ich konnte ihm das nicht übel nehmen. Ich dachte an Henri Ruzicka und seinen Vater. Ich umklammerte das Foto und war traurig. Mein Vater hörte auf zu weinen. Sein Vergessen war auf mich übergegangen, doch jetzt fluteten Bilder in mein Bewusstsein, rieselten nieder wie Schneeflocken, schwebten eines nach dem anderen sachte aus dem Dunkel hervor, kamen von sehr weit her. Die Dinge und das Haus um mich herum erwachten plötzlich zum Leben, darin gefangene Geräusche gerieten in Bewegung, so wie in dem Kindermärchen, in dem das versteinerte Mädchen langsam anfängt zu atmen, der Fels von ihr herabrieselt, helle Haut durch die Kruste schimmert, Leben durch ihren Körper strömt. Ich sah Streiflichter, die mit jedem Augenblick schärfer, intensiver wurden: Mienen, Gestalten, Worte. Ich hörte lauten Atem, und jetzt konnte ich Gesichter erkennen, die sich über mich beugten. Ich sah ein schummriges Zimmer, beleuchtet von sanftem Licht, an der Decke schimmerten Papiersterne, hörte Worte, die im Raum erklangen, ein Abendgebet vielleicht oder ein Lied. Ich spürte die Wärme, die sich in mir ausbreitete, Arme, die sich um mich schlangen, beruhigende Worte und Flüstern; ein stilles, schaukelndes Gefühl. Mein Blick fiel auf den Weidenkorb am Fenster, dann sah ich Bäume in der Sommerschwüle, ein Heufeld in der Sonne, den Rücken meiner Mutter, nass vor Schweiß. Ich spürte die Hitze und das Rumpeln des Fahrrads, ihre Bewegungen, schnupperte ihren Geruch, herb und herrlich, einen, den man kennt, mit dem man einschlafen kann. Wohin wir wollten, wusste ich nicht. Umso stärker hielt ich mich fest, um nicht zu fallen, hörte das Lachen, das in mir überdauert hatte, trotz allem, so tief es auch vergraben gewesen war. Ich saß am Tisch und spürte die Last, die sich in mir angestaut hatte, Steine und Brocken, ganze Gebäude, Stockwerke um Stockwerke, die sich emporschwangen, schief und wacklig, Treppen und Wandschränke, in denen ein Kind sich verstecken kann, hinter der Kleidung, im Schatten von Winterjacken und Abendkleidern, auf verbeulten Schuhen. Warten und schließlich vergessen werden, bis das Haus leer war, die Gänge mondweiß, die Türen geschlossen, die Nacht still, und niemand mehr suchte. Und als ich genau hinhörte, vernahm ich eine Stimme, beinahe unhörbar, nur noch ein Teil des Rauschens der Welt. Wenn ich ganz still saß, konnte ich sie durch die Ritzen des Tisches wahrnehmen, ihr Echo im Nebenzimmer hören. Die Stimme kam vom Ende der Treppe, wenn ich hinunterblickte und niemanden sah, oder wenn ich auf der Schwelle zur Küche innehielt und mich nicht bewegte: Der Blumentopf bebte auf der Fensterbank, Löffel klirrten in der Schublade, vom Dachgebälk rieselte Sägemehl, kleine Flocken, wie Sterne, und überall dieselbe Stimme, in jedem Augenblick, immer leise, doch niemals still.

19

Ende Oktober fuhr ich von Helsinki aus nach Westen, Richtung Tammisaari, bis ich an die Abzweigung kam. Die Straße führte weiter nach Karis, links ging es in den Fragervik, nach Snappertuna und zu den Ruinen der Burg Raasepori. Eeva saß neben mir. Sie war vor einer Woche zurückgekehrt, lauschte mir still und sah aus wie immer, wunderschön. Ich hatte ihr von dem Brief berichtet, von meinem Besuch bei der Anwältin, von meiner Reise. Ich erzählte ihr von Anna Prinz, in deren Küche ich vier Abende verbracht hatte. Ich erklärte ihr, wie Henri Ruzicka im Jahre 1963 an den Gardasee gefahren war, um seine Mutter zu suchen, und eine alte Heiratsurkunde fand, die von einer Heirat in Finnland zeugte, nach der Abkehr von ihrer Familie.

Wenige Wochen später begegneten Henri Ruzicka und ich uns auf Kreta, wo er meine Mutter im Meer verschwinden sah, mich aus dem Wasser zog, in seinen

Armen hielt und meinen Namen auf eine Postkarte schrieb. Ich wusste nicht, ob er schon früher beschlossen hatte, den Spuren seiner Mutter weiter zu folgen, oder ob das Zusammentreffen zweier Dinge – die Heiratsurkunde, das Ereignis am Strand – ihn zu dem Entschluss bewogen hatten, nach Finnland zu gehen, wo er schließlich geblieben war. Wahrscheinlich fand er über seine Mutter nicht mehr viel heraus. Ihre Spuren waren sicher lange verblasst, die Menschen, die sie gekannt hatte, verstorben. Wer war Johannes Berg? Gab es in dieser Geschichte überhaupt ein Ende oder nur unzählige neue Anfänge? Vielleicht war Henri auch einfach nur müde, fand sich allein in einem fremden Land wieder und hatte niemanden bis auf mich, den unbekannten Jungen vom Strand.

Ich erzählte Eeva von dem Paket, das ich im August bekommen hatte und das an Henri Ruzicka adressiert war. Es enthielt eine Geschichte der Deutschen Schule in Helsinki, und bei der Beschreibung der Lehrerschaft entdeckte ich auch Henris schwarz-weißes Bild. Er war offensichtlich gealtert. Später vereinbarte ich ein Treffen mit einem seiner Kollegen. Doch der Mann, jetzt Rentner, konnte mir nicht viel erzählen. Sie hatten sich nicht nahe gestanden. Henri Ruzicka hatte etwa zehn Jahre in der Deutschen Schule unterrichtet, bis er Mitte der Siebzigerjahre in Rente ging. Sein Unterricht war tadellos, doch niemand kannte ihn wirklich. An gemeinsamen Veranstaltungen nahm er nicht teil, vielmehr mied er alle sozialen Zusammenkünfte, führte ein zurückgezogenes Leben. Als er schließlich die Schule verließ, hörte niemand mehr von ihm.

Es ist schon seltsam, sagte ich zu Eeva, aber im Nachhinein war ich mir sicher, oft gedacht zu haben, nicht alleine zu sein. Ein Gefühl, als sei in meiner Nähe jemand, der mich begleitete. Ich meinte, mich an Situationen zu erinnern: Henris flüchtige Gestalt in einer Menschenmenge, einen Mann im Café am Nachbartisch, einen Schatten im Hintergrund. Ich konnte mich auch irren, wahrscheinlich war alles Einbildung. Aber der Gedanke beschäftigte mich. War ich sein einziger Halt im Leben geworden, ein fremder Mensch? Hatte er mein Leben die ganze Zeit beobachtet? Ich hatte mir für Henri Ruzicka eine Geschichte gebastelt, doch sie blieb unvollständig, war nicht mehr als eine kleine Spur. Ich sagte Eeva, ich müsse Anna schreiben, dürfe sie nicht im Stich lassen. Ich sah die Tomatentriebe, die sich vor ihr bewegten. Dachte an Thomas Lang, wie er an einem regnerischen Abend im Auto nach Leipzig fuhr. An Henris Mutter, wie sie 1937 auf ihrem Hotelbalkon saß und auf den See starrte. Anette, die Ausreißerin. Wie ihre nackten Zehen sich um das Geländer legten. Ich hörte ihre gedämpften Schritte, als sie die Treppen hinauf in den ersten Stock ging.

Eeva sagte lange nichts. Ich blickte zwischendurch zu ihr hinüber. Die Bäume hatten ihre Blätter längst verloren. Als wir an Henris Haus ankamen, wirkte es noch verlassener als vorher. Der Garten schien sich enger um das Gebäude zu ziehen, es war umringt von kahlen Ästen mit dünner Eisschicht. Das Gras lag flach, im Garten stand der weiße Eisentisch, auf dessen Schaumkronen die Dschunken fuhren. Auf dem Tisch im Windfang stand noch die Teetasse, alles war still und unberührt.

Wir gingen durch die kalten Zimmer. Eeva lief die Bücherreihen entlang und las halblaut die Titel. Ich hatte Anna Prinz' Briefe dabei, auch die Holzschachtel mit dem weißen Stoff und Henris Reisetagebuch. Ich stellte alles dorthin zurück, wo ich es gefunden hatte. Ich hatte geglaubt, dies sei alles, was geblieben war, aber jetzt dachte ich anders. Überall war etwas von ihm zu finden. Ein Mensch verschwindet nicht, seine Spuren sind ewig. Ich führte Eeva in den Raum mit den großen Schmetterlingsschränken und zog jede Lade einzeln heraus, bis ich den Kasten fand, der nur ein Tier enthielt: einen großen, weißen Schmetterling. Den Flügeln fehlte ein Stück, der Verfall hatte begonnen, bald würde er auf den Boden seines Behältnisses rieseln. Einmal hatte er die Richtung eines fremden Lebens geändert. Ich trug den Kasten auf den Tisch und nahm vorsichtig den Glasdeckel ab. Behutsam entfernte ich die Nadel und löste den kleinen Papierstreifen mit der Aufschrift *Steinhau 1920*. Ich betrachtete den Schmetterling, dem Henri jahrelang gefolgt war. Wie zerbrechlich er war, gerade eben noch vorhanden. Ein Luftzug, und er wäre fort.

Auf dem Rückweg hielten wir an einer Tankstelle. Der Nachmittag wurde allmählich dunkler, der Himmel war stahlblau. Wir saßen am Fenster, zwischen uns der Tisch, die Zuckerdose, der Salzstreuer. Eeva kam von der Toilette zurück und setzte sich mir gegenüber. Ein Sonnenstrahl fiel auf ihr Gesicht. Ich betrachtete die Frau, die ich liebte und fürchtete. Ich streckte die Hand nach ihr aus; zwischen uns war eine Kluft entstanden. Meine Hand hing in der Luft, doch Eeva ergriff sie nicht, zögerte, ich sah, wie sie wartete.

Wie schwer war es doch zu sagen, dass ich zurück in die Welt, den Sprung über den Tisch wagen wollte. Die Zuckerdose umwerfen, sehen, wie die Krümel fallen und quer über die Tischplatte rieseln. Angerannt kommen, lachend, durch Jahre hindurch, mich strecken nach ihren langen, erschöpften Armen. Sie ausziehen, an mich ziehen, noch näher bitten. Den traumverlorenen Jungen hinter mir lassen, vergessen. In die Stille schreien, bis die Stimme bricht, sie rufen, wenn sie überhaupt noch da, wenn sie noch nicht aufgebrochen ist, mit zusammenhanglosen Sätzen, euphorisch, mit brennenden Schritten, während die Zuckerkrümel langsam über den Tisch rollen; denn das Leben ist mehr als nur ein langer Abschied oder der Schatten einer ausgestreckten Hand, die in der Luft hängen bleibt; schneller, aus der Hitze des Laufens sie berühren, zum ersten Mal, ihr Gesicht in meine Hände nehmen, sie nehmen wie ein normaler Mann, dessen Haare grau werden, mit müden Augen, schwächer als ein Kind. Denn ich war hier, mit ihr, jetzt, und alles andere existierte nicht.

PIPER NORDISKA

Hjalmar Söderberg
Das ernsthafte Spiel

Roman. Aus dem Schwedischen von Verena Reichel.
304 Seiten. Gebunden

Während eines flirrenden Sommers in den Stockholmer Schären kommt es zu einer Romanze zwischen Lydia Stille und dem angehenden Lehrer Arvid Stjärnblom. Arvid befürchtet, nicht reif für eine Ehe zu sein, ganz abgesehen davon, dass er von seinem Gehalt noch keine Familie versorgen könnte, doch Lydia glaubt an ihn und ist bereit zu warten. Erst als es schon zu spät ist, fragt er Lydia, ob sie seine Geliebte werden will. Ihr fehlt der Mut zum Bruch mit den bürgerlichen Konventionen, und sie verlobt sich stattdessen mit einem Mann, der ihr finanzielle Sicherheit bieten kann. Zehn Jahre später, auch Arvid hat längst eine Familie gegründet, begegnet ihm Lydia wieder.

08/1009/01/R

Charles Scott Richardson
Das Ende des Alphabets

Roman. Aus dem kanadischen Englisch von Carina von Enzenberg. 144 Seiten. Gebunden

Wenn das Leben in dreißig Tagen endete, was würde man tun? Ambrose Zephyr, seit seiner Kindheit fasziniert von den Buchstaben des Alphabets, beschließt, sich auf eine letzte große Reise zu machen. Zusammen mit seiner Frau will er die Orte ihrer Liebe besuchen. Doch die Sehnsucht und der Schmerz gehorchen keinem Alphabet. Und schon bei F wie Florenz beginnen die beiden zu ahnen, dass es so nicht würde weitergehen können.

»Eine wundervolle Fabel über das Erzählen und die Sterblichkeit: elegant, weise und zutiefst menschlich. Ganz sicher wird es ein Geschenk unter Liebenden werden.«
Chris Cleave

01/1684/01/R